わーっ
すごい　すごい！

ねぇ見て
橘《たちばな》君!
この魚
なんていうの?
桜庭《さくらば》さん
声大きいって

ひゅるっ
――あっ
じっとしてて！
ま…っ
……
全部ブレるっ
ぴえ～ん
せっかく来たんだから撮りたいしさぁ…
でももうすぐ閉館だし
急ご
…うん…
ガヤガヤ
そんなに頑張らなくても…
ぎょっ

と…時田《ときた》君!?
なんで…
わーっ
えっ
こっちは岩崎《いわさき》さん!?
ぎょっ
ぎょっ
なんで学校の人がこんなに!?
あれ？桜庭さんまさか…
おい なんで二人…
どどどうし…っ
!?

ん？
へぇー…

おーい
時田
……ああ
金魚の世界
ふぅ…

は た…
ゆ つっ
今のは ほら…
うっ うん! ね!
ほえ〜…

わ〜っ
撮れたー!
橘君の
言った通り!
大げさだなぁ…
魚の動きに
合わせて
カメラを
動かすのは
基本で‥
動きの
予測ができれば
もっと
楽になるかもね

さすがぁっ
なにが
大事にするねっ
たかが2メガバイトのデータだよ
ぷっ
あはははっ
そこ笑うとこ?

うんっ
笑うトコ

ねぇ
せっかくだから一緒に撮ろう！
え
いいから
早くっ

あー
楽しかった！
最後ですごく疲れた…
ずーうーん
意外と体力ないね？
誰のせいだと
撮れるようになったからつい…
教えなきゃ良かったかな…
あっ
今日いちの写真だよ！
おいっ
？

削除で
なぜ!?
面白がってるでしょ
ちょっと他のも見せてよ
話逸らすんだ?
それよりクレープ食べ行こ!
食べたいのは本当だもん!
ほらほらっ

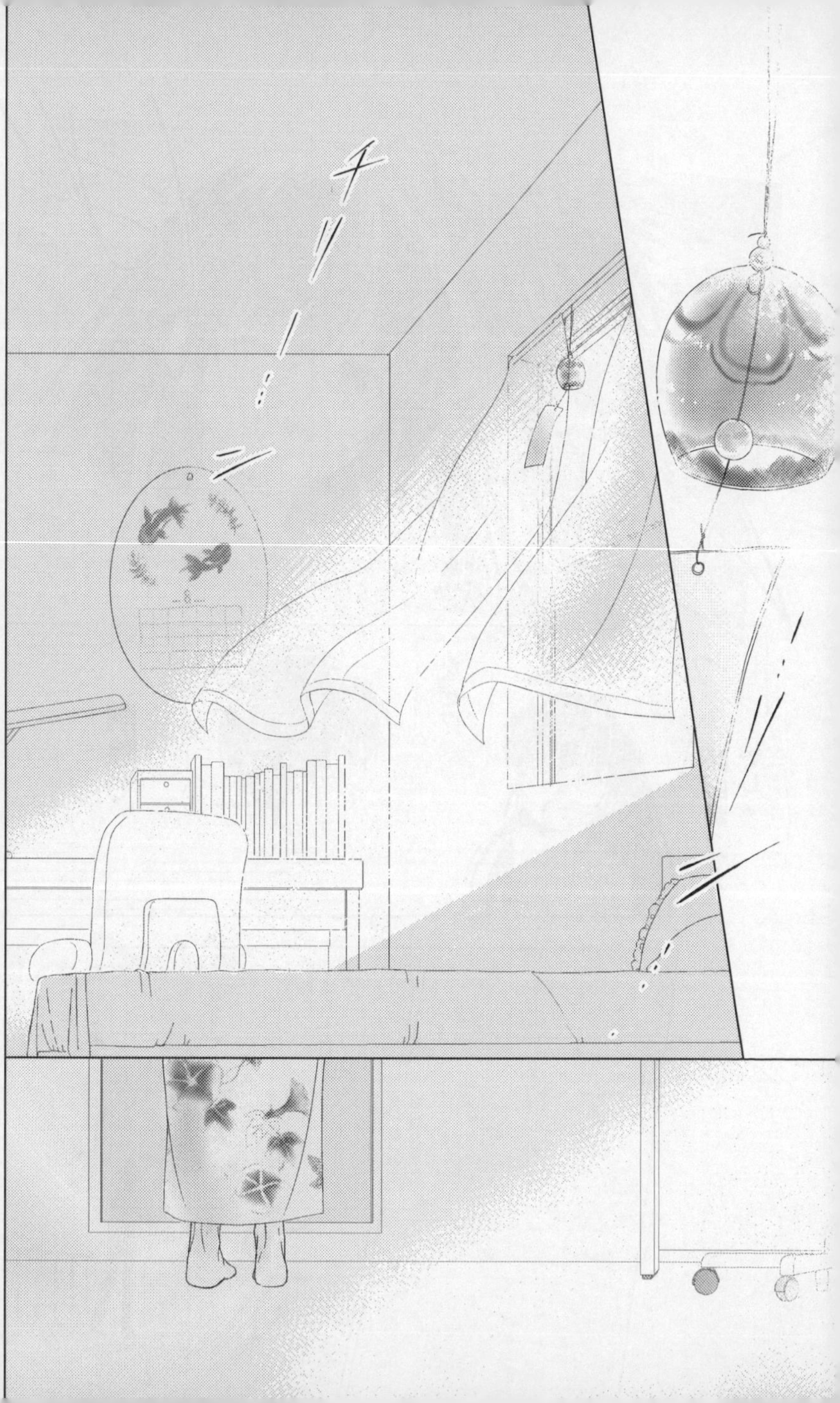
チリーー…ン

きゅ
…よし

タッ

カバーイラストレーション　KU
コミック制作　とうま

水槽世界

「ねぇねぇ、C組の清水《しみず》君って霊感あるらしいよ！」

「えっ？　そうなの？　話したことないけど、なんかありそう！　ちょっと気持ち悪いよね」

放課後、クラスの女子が教室の隅で話しているのが聞こえてきた。噂になっているC組の清水君を、僕も見たことがある。

男子にしては髪が長く、銀縁の眼鏡をかけていて、風で飛んでいきそうなくらい細い。背中は丸いし、鼻先まである前髪で顔もよく見えない。

失礼を承知で言うが、いわゆる陰キャだ。いつも1人でいる彼を、こそこそと小ばかにする人はそれなりにいた。

しかし、女子の悪口はダメージが大きい。他人の話とはいえ、いたたまれなくなった僕はこっそり教室を出た。

「清水君もヘンだけど、うちのクラスでは橘《たちばな》君も負けてないよね」

続けて響く笑い声に、僕は歩を早めた。本人に聞こえるように悪口を言うのも、女子の怖いところだと思う。

実際、僕には何でも話せるような友達はいない。1日誰とも会話しない日がほとんどだ。こんな風に言われても、返す言葉がない。

「きゃっ！」

下を向いたまま早歩きしていた僕に、誰かがぶつかった。正確には僕からぶつかってしまったのかもしれない。相手は女子で、尻もちをつく形で床に転んでいた。

「すみません……」

あろうことか女子を転ばせてしまうなんて。翌朝には『体当たりする陰キャ』とあだ名をつけられるかもしれない。恐怖を押し殺して謝罪した。

「いえ、ちゃんと前を見ていなかった私が悪いので！」

サッと立ち上がったのは、同じクラスの桜庭《さくらば》さんだった。超ド級の美人と噂で、間違いなくこの学校で一番モテている。勝ち組の頂点に立つ人物だ。

毎日違うクラスの男子が、わざわざ教室まで彼女を見に来る。ピッチングマシーンがテンポよくボールを投げ込むように、彼らは次から次へと告白し、見事に玉砕していった。

先月あった体育祭なんて、先輩から後輩まで写真撮りを待つ人で長蛇の列ができていたほどだ。その人ごみで、僕は自分のクラスの列を見失い、体育祭リーダーにちょっと嫌な顔をされた。

「……ケガ、してない？」

わずかな沈黙に気まずくなった僕は、そう声をかけた。

彼女は大きな目を三日月に変えて、「大丈夫だよ！」と大げさなくらい手を振り、返事をしてくれた。

やっぱりそうか。彼女がなぜあんなにも人から好かれるのか、僕はこうやって話す前からその理由がわかっていた。

噂通りなら顔も整っていて、スタイルも良いのだろう。でも、絶対にそれだけではない。

僕のような空気と化している人にまで優しく、やわらかな対応。いつでも誰にでも、分け隔てなく明るく接する。まぁ、そんなのは序の口で、彼女の心は青空のように澄みきっていることだろう。その辺を歩く人とは比べ物にならないほど清らかで、一点の濁りもないはずだ。

とても棲《す》み心地がいいだろうなと思う。

僕は追いきれないほどの数に目を奪われ、視線が泳いだ。

だから、こんなにも多くの魚が、彼女の心には棲みついている。

*

「魚が見える?」

最初にこのことを話した相手は、母だった。目を丸くした母の周りには8匹の魚が泳いでいた。コイのような大きめの体で、色はこげ茶色。髭《ひげ》があったから、ナマズなのかもと思う日もあった。

「なぁにぃ? おふざけは後にして、海人《かいと》はお風呂に入っちゃいなさい」

食器を洗う母は、それ以上何も言わなかった。

お風呂から上がると、脱衣所に母の姿はなかった。濡れた体のまま居間に向かうと、父の声がした。

「魚？」

「そうなのよ、急に私の周りに魚が泳いでるとか言い出したの」

「子供の言うことだぞ。まだ小学校に上がったばかりだ、真に受けてどうする」

仕事で疲れている父の、イライラしている様子が伝わってきた。そんな父の周りには、イワシが4匹泳いでいて、時折キラリと鱗《うろこ》を光らせていた。

物心ついた頃にはもう魚が見えていた。

みんなも当たり前に見えているものだと思っていた。まだ普通を知らなかった僕は、翌日友達の翔也《しょうや》に同じ話をしてしまった。

「魚？」

母と全く同じ表情を浮かべた翔也との間に、疑いの目を向けられているような嫌な空気を感じた。

「なにそれ、きもちわる」

翔也の周りを泳ぐ薄茶色のメガネゴンベは、いつも周りを見渡すようにキョロキョロしていた。気持ち悪いと言った声色まで、今も僕は鮮明に覚えている。

その日を境に、毎日一緒に登下校していた友達は、僕から離れていった。

嘘《うそ》つきと仲間外れにされ、他のクラスメイトにもあることないこと吹き込まれた。

瞬く間に、多くの友達から嫌なことを言われるようになっていった。

ひそひそ話す声に怯え、誰も話しかけてくれない寂しさは耐え難かった。学校に行くのが怖い、誰にも会いたくない。涙は一度こぼれると、何度拭いても止まらなかった。

そんな状況も2か月くらい経つ頃には、みんな飽きたのか意地悪を言ってくる人もいなくなった。誰も話しかけてこない教室で独り、暇をつぶすように辺りを泳ぐ魚を眺めていた。

そして僕は、あることに気がついた。翔也の魚であるメガネゴンベが、日に日に減っている。小学校に入ったばかりの頃は、僕の手よりも小さいメガネゴンベが30匹はいた。でも、3年生に上がった頃には、ついに1匹もいなくなった。

その日、翔也は喧嘩していた他の友達を車道へ突き飛ばした。その子は膝《ひざ》を擦《す》りむいたくらいで済んだけど、翔也は翌日から学校に来なくなり、しばらくして転校していってしまった。

翔也が連れていたメガネゴンベは、眼鏡のような模様と反射板みたいな白線が印象的だった。あんなにいたのに、どこへ行ったのだろう。

翔也以外にも、魚が少ない子は学校で問題を起こすことが多かった。もしかすると魚の数は、心の純粋さや正義感みたいなものに関係しているんじゃないかと、僕は考えるようになっていった。

学年が上がるに従って、他の友達の魚も徐々に減り始めた。大きくなるにつれて魚が減っていくのはどの子も同じだった。

今、高校2年生になった僕の周りにいる人だと、せいぜい10から15匹くらいが平均的な数だと思う。

一方で、僕自身に棲みついている魚のことは何もわからない。僕は自分の魚を見たことがなかった。鏡にも、写真にも現れたことはなく、何匹いるのかも謎のままだ。

ちなみに、人によってそれぞれ棲みついている魚は違う。どことなく、その人のイメージがある魚が一緒にいる。類は友を呼ぶではないが、似たような魚が近づいてきているんだと思う。

例えば、臆《おく》病な魚を連れている人なら、どれだけ虚勢をはっていてもピンチになると真っ先に逃げ出したりする。

その法則で言えば、清水君は決して陰キャではない。もの静かで、一見そうとしか見えないが、泳いでいる魚がバイカラードティーバックばかりだ。マゼンタとレモンイエローの2色でできた体は、ド派手で目を引く。

前に同じ魚を棲まわせている人を、テレビで見たことがあった。オカマバーのママさんだった。底抜けに明るく、ズバズバと歯に衣着せぬ発言を繰り出す。反面、女性らしい気遣いで独特の色気がある、不思議な人物だった。

清水君の見た目からは想像もつかないが、そのママさんと似たような部分があると考えると、彼はまず陰キャではないのだろう。

「あれ……いつの間に」

少しボーッとして2駅も乗り過ごしていた。電車に乗るのは雨の日で、普段は自転車で通学している。たまに乗ると、こうして乗り過ごしてしまうことがある。

電車から降りると、湿気を含んだ暑さがまとわりつく。

ホームを見渡したが自動販売機は見当たらなかった。仕方なく、喉《のど》の渇きとべたつく汗を我慢し、階段を上って向かいのホームに移動した。電車は1時間に1、2本しか来ないみたいだけど、最寄りの駅へ戻る電車はタイミング良く入線し、僕はすぐに乗り込むことができた。

冷房のきいた車内で一息ついていると、座っているおばあちゃんが目にとまった。魚が8匹ほど泳いでいる。メダカがちょこまかと、おばあちゃんの頭上を行ったり来たりしていた。

小学校の時に翔也に話して以来、僕は魚が見えることを誰にも言っていなかった。あんな辛い思いは二度としたくない、その気持ちはトラウマと共に高く高く積み上げられていた。

あの頃の僕は、独りぼっちを紛らわせるために、図書室で海や川の生き物図鑑を読み漁っていた。魚ごとの性格や特徴が、棲みついている人によく似ていると思い始めたのはその頃からだ。

棲みついている魚の種類や特徴によって、相手がどのような人間か、大体の想像はつく。

その中で、建前と本音の両方が見える瞬間もあり、複雑な気持ちになる場合が多い。

「嬉しい」と口では言いながら、棲んでいる魚には反応がない。群れをつくらない魚を連れているのに、大きなグループに属して無理に合わせているなど、挙げればキリがない。

人と話せば話すほど、人間関係への苦手意識は強くなり、関わりを持つことが億劫になっていった。

おばあちゃんの携帯が鳴る。画面で何かを確認すると、携帯を鞄にしまった。

きっと何か嬉しいことがあったんだな、僕はそう思った。

おばあちゃんは、僕と同じ駅で降りた。改札を出ると、大人の女性と子供が近づいてきて、子供はおばあちゃんに抱きついた。

「おばあちゃん！　迎えに来たよ！」

おばあちゃんは、孫と思われる子供をぎゅっと抱きしめ、幸せそうな笑顔を浮かべた。

相手の喜びを見抜くのは簡単だ。ついている魚が元気よく跳ねるようになる。告白を控えている人や、美味しいものを食べている人も、よく跳ねている。携帯を見た時、おばあちゃんの表情に変化はなかったけど、メダカは頭の上でめいっぱい跳ねていた。

「この世の人の魚すべてが跳ねていれば、平和なんだけどなぁ」

ポケットに入れていたイヤホンをつけて、駅を抜ける。数歩進むと、たっぷりの魚群が目に入った。

「あれは……桜庭さん？」

実は、彼女の顔の全貌を僕はまだ見たことがなかった。数えきれない魚が、その顔を隠すように泳いでいるからだ。彼女だという証拠はこの魚群と、携帯についている弱そうなサメのストラップだ。

桜庭さんは、サラリーマン風のおじさんに、道案内らしきことをしていた。何度も同じような方角を指さし、おじさんに一生懸命何かを伝えている。そんな彼女の周りには色とりどりの魚が忙しなく泳ぎ回っているのが見えた。

僕は少しだけ立ち止まる。別に、このまま真っすぐ帰ったとしても問題はない。そもそも、乗り過ごさなければ僕は今ここにいない。何より、人と関わることは面倒だ。ロクなことがない。

帰路に向かって数歩進んだが、なんとなく足が重い。目を閉じて、肺の空気が全部なくなるくらい長い溜息《ためいき》をついてから、歩く方角を変えた。

「桜庭さん、何してるの？」

話しかけると、おじさんは驚いた顔をして、目を逸らした。近くで見ると、グレーのスーツはしわしわだ。

「あ、橘君！　なんかね、この辺りにある郵便局に行きたいらしくて、探してるんだよね」

「僕、最寄りだからわかるよ。この大きな通りを左に進めば、すぐ左手にありますよ」

「ううん、そこじゃな……」

「あぁ！　思い出しました！　ありがとうございます」

明らかに挙動不審なそのおじさんは、額の汗を拭いながら、何度も頭を下げていなくなった。

「あれ……そこじゃないって言ってたのに」

「桜庭さん、この辺の人じゃないよね。なんでここにいるの？」

「昨日、動画で見たガラスペンがほしくて、探しに来たの。そしたら、駅を出てすぐに話しかけられて……」

「ガラスペン？　あぁ、向こうの通りに売ってるね。この辺は人通りはあるけど、世の中にはヘンな人もいるよ。１人なら、もう少し気をつけた方がいいと思う」

「……だけど、困ってたら放っておくわけにいかないでしょ？」

魚の群れから一瞬覗《のぞ》いた真っすぐな彼女の瞳と目が合いかけて、思わず逸らした。しかし、人がいいというか、純粋すぎるのも考えものだと思いながら、「気をつけてね」とだけ伝えて、その場を後にした。

泳いでいた魚たちは、本当に綺麗だった。普通なら、棲んでいる魚は１、２種類だけだ。それなのに彼女には、何種類もの魚が棲みついている。疑うことを知らず、なんでも信じてしまうような純粋さがあるのだろう。影響を受けやすく、相手によって善にも悪にも染まりそうで危なっかしい。

ピンク、黄色、水色と色鮮やかで、圧倒されるような魚の数だ。その中で最も数が多く、目を引いたのはアカネハナゴイだった。ピンク色の一群が自由に泳ぐ姿は、まるで桜吹雪のようだった。きっとあの魚が彼女の魚だろう。

純真無垢《むく》な幼い子供と同じくらいの数に、さすがに笑いがこみ上げてくる。

「あとはあのおじさん、違うところでおかしなことをしないといいんだけど……」

＊

朝食のトーストをかじりながら見たニュースは、僕の予想を裏切らなかった。

「女子高生監禁未遂って、どういう神経してるの……気持ち悪いわねぇ」

母は向かいの席でトーストにマーガリンを塗りながら、眉《まゆ》を寄せていた。

テレビに映し出された人物写真は、そっくりそのまま昨日見たおじさんで間違いない。

　桜庭さんが被害を免れたのは良かったものの、やっぱりやらかしたのか。まぁ、そんな風になるだろうと思っていた僕としては、そこまでの驚きはなかった。

「未遂で済んで、まだ良かったね」

「何言ってるの！　被害受けた子なんて怖くて外歩けないでしょ」

　怒りを露わにした母は、大きめの一口を頬《ほお》張った。

　あのおじさんと同じように魚が1匹も泳いでいない人間を、同級生の翔也以外にも何人か見たことがあった。

　彼らに共通しているのは、何かしらの罪を犯しているということだ。

「おい、弁当どこだ」

　ネクタイを締め、食卓に現れた父は不機嫌そうに訊いた。日に日に白髪が増えているけど、一体いつ染めるのだろう。かなり深く入ったほうれい線も、どことなく父の威厳なるものを醸し出していた。

「はいはい、台所にもう用意してあります」

母は父の弁当を父へ、僕の弁当は僕の前に置いた。

ちらりと視線を向けると、母の周りを泳ぐ魚は、もう5匹に減っていた。父の周りを泳いでいたイワシの姿は、2年程前から見かけていない。僕の心の中には、父を軽蔑する気持ちが長いこと居座っていた。

父もまた、罪人なのである。

*

自宅からいつもと同じ通学路を自転車で走った。昨日のまとわりつくような暑さは緩み、風がどことなく気持ちのいい朝だった。

赤信号で止まると、僕を呼び止める声がした。

「橘君！　待ってってば！」

後ろの方から聞こえた声をたどると、カラフルな魚の群れと走りながら大きく手を振る姿が見えた。あれは桜庭さんだ。

通学途中の生徒すべての視線が桜庭さんと僕に注がれる。桜庭さんほどの学校一の美女が、陰キャ代表の僕に駆け寄ってきている。これはたぶん、マンガやドラマなら夢のようなシチュエーションだ。

桜庭さんの姿を見て、魚が跳ねている男子も多くいたが、僕に敵意むき出しの眼差しを向けている男子も一層多く見受けられた。そんな実際には地獄のようなシチュエーションの中で、僕はただ彼女を待つしかなかった。

「やっと追いついた……橘君、おはよう！　もしかして音楽聴いてた？　何度も呼んだのに、全然気づいてくれないんだもん」

息を整えようと、膝に手をつき、途切れ途切れに僕に訴えた。

「聴いてないけど……朝から人に呼び止められることって1年に1回もないから。走らせてごめん。……あと、おはよう」

「ううん、それはいいの。それよりも、昨日は本当にありがとう！」

魚群の隙間から、彼女の耳や優しそうな眉が見えた。目が合わないまま、僕はとりあえず頷《うなず》く。

信号が青に変わると、桜庭さんは誰の視線も気にすることなく歩き出した。

「今朝のニュース、見た？」

「あ、うん。昨日桜庭さんが道案内していたおじさんのことだよね」

「本当にびっくりしちゃった。朝からずっと震えが止まらなくて……あのまま、道案内してたらどうなってただろうって……」

「まぁ、桜庭さんが危ない目に遭ってたんじゃないかな」

僕の返答に、小さな口をきゅっと閉めたのが見えた。

「あの時、橘君はどうして私に声をかけてくれたの？」

「……別に、あのおじさん挙動不審だったから、桜庭さんが少し心配になっただけ」

当たり前だけど、おじさんの周りに魚が1匹も泳いでいなかったから、なんて言えるわけがなかった。

「……ちゃんと人のことを見抜いて、すごいね。私、話しかけられると必死になっちゃって。親にも気をつけるように言われてるのに、全然わからなかったなぁ」

悲しそうな桜庭さんの周りで、踏切みたいな色のエンゼルフィッシュがすばしっこく泳ぎ回っている。

「とりあえず、何もなくて良かったんじゃない？　今後は気をつけるってことで。あと、怖いならしばらく親に送り迎え頼むとかしたらいいと思うし。じゃ、用事があるから、僕は先行くね」

桜庭さんの言葉を待たずに、自転車にまたがって強くペダルを踏んだ。次々突き刺さってくる周りの視線が、もう限界だった。

桜庭さんはずっと「ありがとう」を連呼していたが、すぐにそれも聞こえなくなった。

＊

いつもより早く着いた教室で、鞄を下ろした。

教室に入っても、誰とも挨拶することはない。自分で言うのもなんだが、僕は周りから見て空気みたいな存在だ。

小学校、中学校を経て、人間関係を構築するのに出だしが肝心なのはよく理解していた。それでも、泳ぎ回る魚からわかる上っ面だけの仲良しには溶け込めず、完全に出遅れた。

でも、僕は今の状況を最悪だとは思わない。あと1年半もすればここの人たちとの関わりなんて結局なくなる。大して残らないものを大切にしても意味がないし、無駄に神経がすり減るだけだ。

「橘君！　用事済んだの？」

さっき置き去りにした桜庭さんは、僕の前の席に座った。

「そこ、佐々木《ささき》君の席だよ」

「わかってるよ！　でも、佐々木君っていつもギリギリにならないと来ないし、大丈夫でしょ」

同じくさっきお別れしたばかりのエンゼルフィッシュは、なおも元気に泳ぎ回っている。さらに蛍光イエローのチョウチョウウオまで飛び出し、水しぶきをあげそうな泳ぎで僕の視線を奪った。

朝からこんなに元気に魚が飛び跳ねている。人間大好き、おしゃべり大好きっていうのが丸わかりだ。

「佐々木君が来るのは遅いけど……」

「ねぇ、橘君ってあまり目を合わせないよね！　どうして？」

彼女は、この場に居続けられるのを渋る僕のことなんて、気にする素振りもなかった。それに、目を合わせないようにしているわけじゃない。桜庭さんを覆うように魚が泳いでいて、目を合わせることができない。一瞬一瞬でしか見えない瞳と目を合わせるのは至難の業だ。

「うーん……、僕はあまり人と目を合わせるのが得意じゃないんだ」

早く自分の席へ行かないかと思いながら返事をした。

教室や、廊下からの視線が僕に刺さり続ける。こそこそと話す言葉の端々に棘《とげ》を感じる。だから、人と関わりたくなかったのに。すでに後悔が募り始めていた。

僕の心に立つさざ波など、どこ吹く風。桜庭さんは、僕の家の最寄り駅前に出店したクレープ屋さんの話を、佐々木君が登校するまで一方的に話し続けていた。

＊

帰りのホームルームが終わった瞬間、僕は走った。階段を駆け下り、急いでくつ箱へ向かう。

今日一日は桜庭さんが休み時間の度に話しかけてきて、たまったもんじゃなかった。挙句の果てには、昼休みまで僕の隣で過ごしていた。矢のような視線も、雨のように降り注ぐ陰口も、今日一日で僕はトップクラスだったはずだ。

帰りも話しかけてくる可能性は十分にある。最悪の場合、一緒に帰るなんて言い出しかねない。僕は逃げるように校舎を出ようとしていた。

「こら、廊下は走るもんじゃない！」

「す、すみません……」

くつ箱の一歩手前で、生活指導の先生に注意されてしまった。ガタイも良く、角刈りのこの先生、対応を誤ると説教が長くなる。ここは、素直に謝ってやり過ごそう。

「橘君！」

見つかってしまった。元気いっぱいの声が玄関に響いた。今すぐにでも帰りたい。でも生活指導の先生を無視して帰る選択肢は僕の中になかった。

「あれ？　先生？　今日の授業すっごい面白かったです！　来週も楽しみになっちゃいました！」

桜庭さんの言葉に、先生が連れていたサンマ8匹は体をくねらせて、大きくジャンプした。先生の顔色には変化がないけど、大喜びしていることは明らかだ。

「そうか、次回も準備はしてあるから、楽しみにしていていいぞ」

「はーい！　それじゃあ先生、さようなら！　橘君も帰ろう！」

彼女はそのまま、流れるように僕をその場から連れ出した。校門を出ると、彼女は振り返った。

「はい、これで貸し1ね」

いや、よく考えてみてほしい。僕が怒られるくらい廊下を走ったのは、桜庭さんから逃れたかったからだ。元凶は目の前でやたらと得意げな彼女にある。

でも、あの先生は説教がねちっこいことで有名だ。そこから救ってもらったのは大きかった。

「その貸しは、どうやったら返せるの？　できたら早く返したいんだけど」

「うん！　すぐにでも返せるよ！」

桜庭さんの待ってましたと言わんばかりの張り切った返事に、僕は罠《わな》にかかったような悲しみを感じていた。

＊

桜庭さんに指定されたのは、僕の家の最寄り駅だった。先に着いた僕は、自転車を駐輪場に停め、電車で来る桜庭さんを待った。10分ほど経つと、駅から小走りで駆け寄ってくる桜庭さんが見えた。

「すぐそこだよ！」

向こうを指さしながら、僕の前を通り過ぎる。

「あれって……」

「そう！　今朝話したクレープ屋さん！　一緒に食べようよ！」

水色のキッチンカーには、いちごのぬいぐるみが所狭しと飾られていた。

「……桜庭さんって、なんで僕に構うの？　他の人からいくらでも誘われるでしょ？」

店頭のメニュー表を見ながら訊《き》くと、おしゃべりな桜庭さんにしては気になる間があった。

「……だって、橘君が信用できる人ナンバーワンだから……」

なにやら昨日の一件で、僕の信用度は爆上がりしているらしい。それにしても、ナンバーワンになるほど急激に評価が上がるなんて大げさだ。突然過ぎて聞き間違いかと思った。

話を聞けば、声をかけてくる男子にはしつこい人もいて、苦労しているらしい。

「私……女の子の友達全然いないから……。恋愛とかが絡んで、友達が上手く作れないんだよね」

元気のない声でそう言うと、注文した大きないちごクレープを受け取った。

「そっか。妬《ねた》みとか、単純に友達の好きな人が桜庭さんのこと好きになるなんてよくありそうだもんね。男子だと、まず友達として相手は見てないだろうし。それは大変だね」

自分のクレープの生クリームをすくって一口食べた僕は、甘ったるさに完食できるか不安を覚えた。

黙りこくる桜庭さんをふと見ると、魚群の隙間からぽろぽろと涙をこぼす目が見えた。

「え……」

固まる僕の横で、彼女は声も出さずに泣いていた。

「えっ……ど、どうしたの……」

「こういう悩み、話せる人もいなかったし……わかってくれる人もいなかったから……。すっごい悩んでたのに、それが悩みって贅沢《ぜいたく》だねとか言われるし……」

桜庭さんの悩みは海溝のように深かった。慌てて鞄からポケットティッシュを取り出す。

「うっ……ありがとう……。やっぱ、橘君は他の人と違う気がする……」

その言葉が、『僕には魚が見える』ということを指しているのかと思い、心臓がバクバクした。

「だけど、桜庭さんの周りはいつも人だかりができてない？」

「男子ばっかりだけどね。彼女いるのに何回も話しかけてくる人もいて、誤解されて、私が女子に嫌われる……」

周りの恋愛事情と、桜庭さんの心の闇が深い。海溝どころか、海淵くらい深くて暗いように感じた。色鮮やかな魚を何種類も連れているから、心も常に沖縄の海のように温かくて明るいと思っていた。

逆に、温かくて透き通っているから大勢の人が寄ってくるのか。その分、人の嫌なところにも触れてしまうのだろう。

しばらく黙々とクレープを食べる僕の横で、なんとか泣き止んだ桜庭さんは、いちご増し増しのクレープに口をつけた。

「うーん、甘酸っぱくて美味しい！」

雨が上がった後に陽が射したような笑顔なのだろうか、虹みたいに色とりどりの魚が泳ぎ回っている。泣いたり喜んだり、コロコロと感情が変わって、なんだか忙しい人だなと思った。

「ねぇ、うちの親忙しくて迎えとか無理だから、これからもタイミングが合えば一緒に帰ってくれない？」

昨日のような出来事があった手前、なんとも断りづらいお願いだった。道を歩けば魚が少ない人、1匹しか連れていない人はいくらでもいる。

それがいつ0匹になり、何をしでかすかはわからない。僕としては断るイコール見捨てるに近い。

「……いいよ」

自分で言うのもなんだが、かなり渋々絞り出した声だった。

困っている人を見捨てるのは気が引ける。何かあってから、変な罪悪感に苛まれたくない。そう、後々の自分のためでもある。仕方ないと自分に言い聞かせた。

クレープのおしりを食べきり、やっとの思いで飲み込む。一緒に帰るのは百歩譲っていいにしても、頻繁《ひんぱん》にクレープを食べるのは勘弁してほしい。

桜庭さんは魚をめいっぱい跳ねさせて、満足そうだった。

「ふぅ、今日は本当にありがとう！　そろそろ帰ろっか」

駅へ向かって歩くと、彼女は突然立ち止まった。さっきまで飛び跳ねていた魚たちは、警戒するようにすっと落ち着いた。

「ねぇ。あの人、大丈夫かな……」

彼女の視線の先には40代くらいのラフな格好をしたおじさんがいた。その人の視線の先には、女子大生らしき人物がいる。それなりに露出の多い服でまとめた女子大生を凝視している様は、普通に見ていれば怪しかった。

「昨日の今日で、随分と人を見る目を養ったんだね」

僕が感心していると、桜庭さんは腰に手を当てて、威張って見せた。

「昨日の私みたいに危険な目に遭いそうな人を減らしたいなと思って」

被害者になりかけて、直近で怖い思いをしているはずなのに屈する気配のない正義感。こんな考え方が染みついているなら、魚は一生減らないいんじゃないかとさらに感心してしまう。

「でも、あの人は大丈夫だと思うよ」

あのおじさん、魚がざっと15匹は泳いでいる。到底罪を犯すような魚の数ではない。泳いでいる魚も、グッピーみたいに小さくて可愛い。

「なんでそんなことわかるの？」

僕に詰め寄る桜庭さんは、まるで探偵のようだった。

「あ……！　女子大生に、近づいてる！」

焦った僕は、わざと煽るように伝え、彼女の注意を逸らした。

「危ないかも！」

桜庭さんは一目散に走り出す。おじさんのことは心配していなかったが、桜庭さんがおかしなまねをしないか心配で、僕もすぐに続いた。

「あの、私こういうものなのですが。今、カットモデルを探していまして。興味あったら、お話ししたかったのですが……」

名刺を渡し、女子大生に声をかけたおじさんは、そう切り出した。

「えっ……スカウト……？」

話を聞いていた桜庭さんも状況を理解したようで、ほっと胸をなで下ろす。彼女の魚は、解き放たれたようにまた自由で穏やかな泳ぎに戻った。

「だから言ったでしょ」

なんだか一日中振り回されっぱなしの僕は、思わずそう口にしていた。

「ねぇ、だから。どうしてわかるの？　知り合いなの？」

「いや、なんとなく」

「絶対おかしい。ねぇ、どうしてわかるの？　教えてくれるまで帰さない」

桜庭さんは僕のYシャツの半袖をぎゅっと摑《つか》み、ここからてこでも動かないと強い意志を示した。

魚も僕の方を向き、完全に様子を窺《うかが》っている。

「いや、本当にたまたまなんだって」

「嘘だ。霊感があるの？　清水君みたいに」

「清水君の霊感云々は、噂だよね」

「そうなの？　でもクラスの女子が言ってたよ！」

「それを世の中では噂って言うんだよ」

ムッとした口元が見えた。摑まれている服に、しわが寄るほど強く摑み直している。長期戦に持ち込んでやるという気迫さえ感じる。

適当な理由を繕ってもいいが、それが一生彼女の中の真実として、騙《だま》され続けることになると考えたら、些細《ささい》な良心がぐっと痛んだ。

そして、ここまで純粋で何でも信じられる彼女に、僕は少しだけ期待したのかもしれない。

「……え、魚が見えるって、本当に？」

昨日、桜庭さんに声をかけたおじさんの魚が1匹もいなかったこと、今のおじさんには魚がたくさんいたこと、魚の数がその人の心の純度に比例していることなどを簡潔に説明した。

清水君の魚情報は、彼の核心に触れてしまう可能性があったので控えておいた。

「私の周りにも魚っているの？　どんな魚が泳いでるの？　知ってる魚かなぁ？」

僕の話を疑うなんて、最初から彼女の選択肢にはないのだろう。桜庭さんは興味津々な様子で質問を並べる。周りの魚たちも、ジャンプするように泳いでいる。

「うーん、まぁとりあえずいろんな魚がいっぱい泳いでるよ」

これ以上、この話題を膨らまされても面倒くさい。アカネハナゴイなんて知らないだろうし。

「えー、魚の種類とかわからないの？　気になるよ」

「もしわかったら、教えるね」

「うん、楽しみにしてる！　みんなの魚が見えるってことは、毎日水族館にいるみたいだよね！　いいなぁ……」

一瞬、魚の群れが引いて見えた彼女の目は、まるで魔法でも目にしたかのようにきらきらとしていて、あまりに眩しかった。

引き込まれそうな子供みたいに真っすぐな視線から、僕はどうしても目を逸らしてしまう。

「考え方が、楽観的で羨ましいよ」

「もう、素直じゃないんだから……。だけど、珍しいよね。他にも魚が見える人っていないのかな？」

「珍しいも何も、僕以外の人間で見えるって言った人はいなかったでしょ？」

「いなかったけど、橘君と同じような理由で見えることを隠してる人はいるかもしれないでしょ？」

そう言われれば、そうかもしれない。僕と同じように、変人扱いされないよう、秘密にしている可能性は否めない。

小学校以来、こんなおかしな状況に置かれているのは自分だけだと思い込んでいたが、他に見える人がいるのなら話くらいは聞いてみたい。

「探してみようよ！」

「え……どうやって？」

「今はいろんなネット環境が揃《そろ》ってる時代だよ！　例えば、ツインズとか。使っている人多いし、見つかりやすいかも！」

「うーん、でもそこからどうやって探すの？　魚見えますかって話しかけるの？」

突拍子もない提案に、僕のやる気はゼロだった。桜庭さんも頭を抱え、しばらく考え込んでいた。

「とりあえず、私探してみる。だってさ、その力ってもしかしたら世界平和に繋《つな》がるかもしれないじゃん！」

僕の目の前にルリヤッコが飛び出し、楽しそうに桜庭さんの周りを泳ぎ回る。ルリヤッコはマグマのようなオレンジの体に、ヒレは深い紫色をしている。桜庭さんが連れている魚は派手でパッと目を引く色ばかりだった。

目立つことを恐れないくらい、自分に自信がある。だから、底抜けにポジティブなのか。魚が見えるだけの力を使って世界平和だなんて。でも、本気でそんな風に思っているんだろう。

否定するのも面倒なくらい単純明快な発言に、いろいろと考えている自分があほらしくなってくる。

桜庭さんは効率的な方法を思いつかないまま、それでも善は急げと風のように帰って行った。

やっと解放された。明日もまた、こんな風に拘束されるかと思うと、どうにか逃げ出せないか考えを巡らせてしまう。

さっきのクレープで胸やけしそうになりながら、僕は自転車に乗り、家に帰った。

「ツインズか……」

どんなものか、軽い気持ちでダウンロードすると、ポップなデザインで女子受けしそうな画面だった。説明を一通り読み、同意書にチェックをつける。

「なんか、マッチングアプリ的な感じかなぁ。僕の年齢で利用していいやつなのか……？」

気になることはいくらかあったが、自分のデータをアップすると、多くの人の写真付きプロフィールが表示された。

写真でも、しっかり魚が確認できる。この人はヒラメ、こっちの人はサケ、あとはタイ、それにフグ。

「なんか、美味しそう……」

何人か魚のいない写真もあった。改めて、こういう出会いに運要素があることを目の当たりにする。

「まさか、プロフィールに魚が見えるなんて書いてる人……いないもんなぁ」

30分ほど検索してみたものの、釣りが趣味の人はいても、魚が見えるなんて人はいなかった。

僕は自分の顔写真などを使用するつもりはない。少し考えてからプロフィールに一言添えた。

「なんだか、桜庭さんの大胆で安直な考えが、すでに伝染している気がする……」

小さく溜息をついて、画面を消した。

もうすっかり夕方だ。ふんわり漂うカレーのいい匂いをたどって、僕は1階へ降りた。

＊

翌日、自分の携帯に3件も通知が来ていた。昨日登録したツインズからだった。

「おっはよー！」

自転車に跨ったまま信号待ちをしていると、桜庭さんが大きな声で話しかけてきた。

周辺からの視線は、相変わらず容赦《ようしゃ》なく突き刺さる。わざわざ注目されるような大声を出すのはやめてほしい。

ピチピチと遊ぶように跳ねるアカネハナゴイ。何度見ても、ピンク色のこの魚たちには春を感じてしまう。

「ねぇ、私昨日ツインズ登録したの！」

「そうなんだ」

「……もう少し興味持ってよね。それで！　見つけたよ！　魚が見えるっていう人……！」

最後だけ、妙に小声で僕に耳打ちした。僕は「へー」と一言だけ返す。

「信じてないなぁ……これ、見てよ！」

僕は思わず盛大に咳《せき》込んだ。飲み物を飲んでいるわけでもない、人は極端に困惑すると空気すら喉に詰まるらしい。

「大丈夫？　この人、プロフィールに『人の心に棲みつく魚が見えます』ってちゃんと書いてるの！　橘君と全く一緒じゃない？　しかも年齢まで一致。これって同年代に稀に見る現象なのかも！」

世紀の大発見でもしたかのような口ぶりで、彼女を取り巻く大量の魚たちは四方八方に飛び跳ねて喜んでいる。

「意外と簡単に見つかったし、他にもまだいるのかも……って、ちゃんと聞いてる？」

「あの、もしかしてもうメッセージとか送ってる？」

「もちろん！　まだ既読にもなってないんだけどね……」

「だろうね、僕が今すぐ既読にしてあげること、できるよ」

桜庭さんの魚の元気が、明らかになくなった。

「え……もしかして、これ橘君なの？」

「そういうことになるね」

若干の間が空いた後、彼女は膝から崩れるほど落胆していた。魚もお腹を上に向けてぷかぷかと力なく浮いている。

学校に着くまでお葬式ムードが漂ったが、教室に入る頃にはケロッとしていつも通りの桜庭さんになっていた。

まだ僕に送られてきたメッセージの確認はしていないが、そのうちの1件は桜庭さんだということがわかった。

そして彼女は国語が終わった後も、数学が終わった後も、10分しかない休み時間になる度に話しかけてきた。内容は世界平和についてが中心で、僕は宗教に勧誘されているような気分だった。

本を読む時間も、次の教科の準備をゆっくりする時間も取れない。当然、昼休みもお弁当を持って僕のところへやってきた。

「ねぇ、その卵焼き美味しそう」

「これは僕も好きだから、あげないよ」

僕の貴重な休憩時間だけでなく、卵焼きまで取られそうだ。

周りの敵意を含んだ視線から目を背け、卵焼きを持ち上げる。

「あーあ。そういえば、私以外からメッセージってきてないの？」

「きてるよ。まだ確認してないけど」

「えー、普通すぐ確認するでしょ。見てみようよ、何か手掛かりになるかもしれないし。こういうのって積み重ねでしょ？」

「急に刑事みたいな考え方になるんだね。用心深さも身につけると刑事さんにより近づけると思うな」

「早く」

まだお弁当も中盤、やれやれと思いながら携帯を鞄から取り出した。

「あの……桜庭さん、今ちょっといい？」

学年でも指折りのイケメンである時田《ときた》君が、教室に入るなり桜庭さんを呼び出した。

時田君の周りを泳ぐ出目金5匹は、狂ったように跳ねまわっている。

「5匹かぁ」

「は？」

首を傾げた時田君と目が合った。僕は無意識に声を発していたようだ。慌ててうつむき、お弁当の梅干しをつつく。

彼は威圧的で怖い感じがする。だけど、棲んでいるのは出目金だし、本当はもっと穏やかな性格だと思う。関わりたくはないが、関わって問題があるタイプではないだろう。

「あー、今ちょっと忙しくて……後でもいい？」

「いやいや、僕の件の方が後でいいんだから、早く行ってきなよ」

イケメンの呼び出しを、あっけなくスルーしようとした桜庭さんに、周囲の女子がざわついた。僕はわざと携帯を鞄にしまい、早く行くよう彼女にうながした。

桜庭さんが渋々廊下に向かったのを見届け、梅干しを頬張る。

「橘って桜庭さんと付き合ってんの？」

入学してから僕と初めて話したであろうクラスメイト3名が、机の周りを囲むように立った。

「いえ、付き合ってないです」

「それなら、なんであんな急に仲良くなんの？　時田の邪魔なんだよ」

やっぱりなぁ、僕は心の中でそう呟いた。爆モテしている桜庭さんと話せばこうなることは容易に想像がついた。

しかも、ここにいる3名は、時田君の出目金を棲まわせている。

街で見かけるカップルや親友は、同じ魚が棲んでいることがほとんどだ。

関係上、力のある人の魚が伝染する。つまり、時田君は出目金のみで、ここにいる3名は出目金以外にウナギ、マグロ、ハコフグと皆違う魚を連れている。これだけで、時田君の立場が一番上だとわかる。魚の種類で言えば、出目金が一番弱そうな気がしてしまうけど、この3名は時田君のしもべってところだ。

「僕じゃなくて、桜庭さんに言った方が早いですよ」

僕だってあまり話しかけてほしいとは思っていない。逃げてもついてくるのだから、どうにかしてもらえるなら、どうにかしてほしい。

「はぁ、どう見たって不釣り合いなのわかるだろ。時田くらいのスペックがないと、桜庭さんとは釣り合わないってそんなこともわかんないの？」

僕の提案はまるで聞き入れてもらえず、止まらない煽《あお》りに箸《はし》を進めることもできなかった。

「ただいま……あれ？　みんな、どうしたの？」

異常に早い戻りに、しもべ3名は目を点にしていた。さすがに僕も驚いていた。

続いて時田君がしもべたちを呼び集め、教室を出て行った。時田君の出目金はお腹を上にして、今にも死んでしまいそうだったから、僕には桜庭さんの答えがわかっていた。

「はい、ちゃんと行ってきたんだから、早く携帯出して」

この人、告白されすぎてティッシュ配りを断るくらいのメンタルで告白を断っているんじゃないだろうか。

再び鞄から携帯を取り出し、ツインズを開く。一番上のメッセージは桜庭と表示されている。

「え……？　桜庭さん登録したのって、昨日なんだよね？」

「うん」

「フォロワー、なんでもう4桁なの……？」

彼女のプロフィール写真は魚群……ではなく、きっと素敵な笑顔の写真だ。これを見て、見ず知らずの人が彼女を登録しているのだろう。

「そんなことよりメッセージは？　早く早く！」

一緒に覗き込んだ画面には、黄色さんとハタハタさんが表示されていた。

「まずは黄色さんから見てみるよ」

「えーっと『プロフィール面白いですね。お話ししてみたいのですが、このアプリではなく、下記のアプリでやりとりしませんか？』……って、さくらやないかい！」

「何そのエセ関西弁……」

僕が思わず突っ込むと、彼女は恥ずかしそうに1回関西弁で突っ込んでみたかったんだよねと照れていた。

残るハタハタさんのメッセージを読み進めた桜庭さんは、慌てて僕の肩を掴んで揺らす。

「……冷やかしじゃない？」

「ハタハタさんの魚の数は？」

「まぁ、6匹はいるけど」

ハタハタさんからのメッセージには、僕と同じ現象に悩まされていると記されていた。プロフィール情報によると、彼は隣町の高校生らしい。

画像で見ると、黒縁の四角い眼鏡、前髪が目にかかっていて、どことなく清水君の仲間って感じがする。

泳いでいる魚は深海に棲むチョウチンアンコウ、青緑色のナポレオンフィッシュと大振りだ。ナポレオンフィッシュは性転換する魚だ。男女どちらの気持ちにも寄り添えるような高い共感性を持っているとか……？　実はこの魚を連れた人とは関わったことがない。おとなしいとか、人懐っこいという情報も見るし、気が強いという記載も見たことがある。

チョウチンアンコウに至っては性格の見当もつかない。しかも数が半々で、どちらが彼の魚なのかもわからなかった。

「うーん、怪しいよ」

「だけど、隣町なら話聞く価値ありそうじゃない？」

「でもなぁ……」

魚6匹という数は、正直信用度が五分五分だ。それに、泳いでいる魚が彼の陰キャ溢れる見た目に反して大きくて、悠々としている。

陰キャの魚は基本小さい。僕の17年間の積み重ねで得た確かな知見だ。

ただ、仮に彼が言っていることが本当だとしたら、僕に棲みつく魚が何か、それが今何匹いるのかを知ることができる。

鏡に映る自分も、写真の自分にも、魚は見当たらなかった。幼稚園の頃から見えていないから、0匹ではないと信じているけど、今となっては自信がない。

それに僕には、自分に棲みつく魚のこと以上に、ハタハタさんに訊いてみたいことがあった。

「善は急げだよ！」

僕が慎重に考えている隙に、桜庭さんは素早くメッセージを送っていた。

「あ、ちょっと……！」

ハタハタさんも昼休みだったのか、返事はすぐにきた。都合が良ければ、今日の放課後に近くのカフェで会いませんか、というものだった。桜庭さんは僕の都合も訊かずに、会いましょうと早々に送信した。

「よし、じゃあまた放課後ね！」

強引過ぎる彼女の一言のあと、昼休み終了を告げるチャイムが鳴った。

彼女は猪突猛進の究極体なんだと改めて不安になる。やりとりを取り消したかったが、送ってしまったメッセージには既読がついてしまった。

誰とも関わりたくないのに。思っている方向と真逆に進む日常を、桜庭さんはしっかりと作り出していた。

＊

「橘君、はーやーく！」

廊下から手招きする桜庭さんは、相変わらず多くの人の視線を釘付けにしていた。

「大きな声で呼ばれると、僕まで目立つんだよね」

「目立っちゃいけないの？」

「……うん、なんでもない」

約束しているカフェまではそう遠くない。ハタハタさんの高校からは少し離れているが、僕らへの配慮なのだろう。

「ハタハタさんは魚が見えること、公言してるのかな」

「してないんじゃないかなぁ。頭のおかしな奴だと思われるだろうし」

「世界平和のためには、いつか公言してもらわないと困るよね」

「え、それって僕も？」

「当たり前でしょ！」

自転車を押しながら、未来に訪れる……かもしれない世界平和に思いを巡らせる。

僕も、世界中の人の魚が跳ねれば平和だと度々思うから、桜庭さんの考えを全力でばかにはできない。だけど、魚が見えることを公言すると、僕の世界の平和が保たれなくなる。

お店の前には、プロフィール画像と良く似たハタハタさんらしき人物がすでに立っていた。

「あの……ハタハタさんですか？」

桜庭さんが声をかけると、彼のチョウチンアンコウたちはずっしりとした体を跳ねさせていた。

「あ……そうです……波田野《はたの》って言います。今日はよろしくお願いします」

ハタハタさん改め、波田野君は小さな声で返答した。桜庭さんを見た瞬間、彼がぎょっとしたような表情を浮かべたのを僕は見逃さなかった。その視線は泳いですらいる。彼女を取り巻く魚で、目のやり場に困ってるのなら本物だ。

彼の背丈は思ったより小さめで、女子平均くらいの桜庭さんより背が低かった。

「初めまして、橘です」

僕が話しかけると、彼は僕と桜庭さんを何度も見た。不釣り合い、美女と陰キャ、なんでこの2人が一緒にいるのかと、心の声が聞こえる気がする。

「とりあえず、カフェの中で話しましょう」

波田野君にうながされ、僕らは窓際のゆったりとしたテーブル席に腰を下ろした。僕は窓際の席に座り、桜庭さんは僕の左隣に座った。

波田野君は僕の前の席に座って、黒いリュックをソファに置くと、眼鏡をはずして拭き始めた。一重で若干吊り上がった目尻、丁寧に整えられた眉、薄い唇。眼鏡をかけない方が顔は整っているように見えた。

僕らは適当にドリンクを頼み、本題に入る。

「で、魚が見えるっていうのは、本当なんですよね？」

待ちきれないといった様子で、桜庭さんが波田野君に詰め寄った。

「はい。人によって見える魚や数が違います」

桜庭さんからのアイコンタクトに、僕はしっかりと頷いた。人生で初めて、自分と同じ現象を体験している人が目の前にいる。僕の鼓動はどんどん速くなっていった。

「逆に、僕からも質問していいですか？」

波田野君は僕の目を見た。彼も同じ現象に悩まされ、気になることがあるのだろう。その表情は真剣だった。

「いつから見えるんですか？」

「物心ついた頃には、もう見えてました」

彼はまるで取材記者のように素早くペンを走らせて、僕とのやり取りをノートに書きこんでいく。

「なるほど。魚ってはっきり見えてますか？」

「……実物とそこまで変わらないくらい、はっきり見えてます」

「いや、僕と橘さんで見え方が違う可能性もあったので」

一瞬の間で、僕の気持ちを汲み取った彼は、すぐに弁解した。

「橘さんもはっきり見えるタイプなんですね。僕もはっきり見えるので、お昼前にサンマを連れている人とか見ると、お腹すくんですよね」

「なにそれ､面白い！　私がスーパーでサーモンを見てお腹がすくのと一緒かなぁ？」

「サーモンって、それもう刺身になってない？　ちょっと違う気がするけど」

桜庭さんは「えー、難しい」と、苦笑いした。

その後も、僕は波田野君から質問をひっきりなしに受け、合間合間で彼が普段魚を見ている時の話を聞いた。ほとんど彼の質問に答えるばかりだったので、すごく喉が渇《かわ》いた。

「あの、僕の方からもいいですか？」

彼が次の質問を考えている間に、僕は思い切って訊いてみた。

「魚が見えると、その種類とか動きで住処となっている人の気持ちがわかるじゃないですか。人間関係で悩むことありませんか？」

波田野君は一度ソファにもたれ、何やら考えていた。その表情は暗く、哀愁が漂う。思い出したくないことを思い出させているのかなと感じた。

「あ、答えたくなかったら全然……」

「いいえ、僕は中学生の時ですかね。初めて好きな子ができたんですけど……その子の気持ちが魚の様子で丸わかりで。間接的に失恋したのが結構辛かったですね」

誰が誰を好きかなんてことは、魚を見ていればすぐにわかる。僕は心から同情していた。彼は「まぁ、今はもう慣れましたけど」と気丈に振る舞い、すぐに別の質問へ移った。

桜庭さんはその間、終始前のめりで僕らのやり取りに耳を傾けていた。

気になっていた僕自身に棲みつく魚については、波田野君の矢継ぎ早の問いかけで訊くチャンスを逃してしまったし、知るのもなんだか怖くて訊けなかった。

「改めて、同じ現象の人に会えて感激しました。あと、質問攻めにしてしまい、すみませんでした。ちょっと、お手洗いに行ってきます」

彼は鞄から薄い青色のハンカチを取り出して、席を立った。息を止めているかのように静かだった桜庭さんの魚は、一斉に舞い上がる。

「ねぇ、すごいね！　同じ現象ってだけでもすごいけど、同じ歳なんだよ！　波田野君が魚を見た話も、橘君から聞いていた話に似ているし、これは信じて良さそうだね！」

「うん、まさか同じ能力の人がいるとは思わなかったなぁ」

質問が多かったけど、彼も僕が本当に同じ能力を持っているのか確かめたかったのだろう。波田野君の魚の動きを見ていても、普通の人よりは忙しなく泳いでいるくらいだ。それも、桜庭さんを見てからずっとその状態だから、ただ緊張しているんだと思う。

今の彼はもう人間関係に悩んでいないようだし、やはり僕の他人への苦手意識は、自分の性格の問題なのか。

今まで、苦手なことやできないことをこの能力のせいにしてきた。それが波田野君の話を聞くと、途端に自分が悪いんだ、そんな簡単なことに気づかされてしまう。

「ねぇ、ボーッとしてないでさ、もっと情報集められるように次回集まる日程決めようよ」

「うん……え……？」

携帯のスケジュール機能をタップした桜庭さんの後ろを、見たこともない黒い巨体が通り過ぎていく。僕はそのあまりの大きさに、夢を見ているような感覚に陥った。到底、現実世界で見えているものだとは思えなかったからだ。

「どうしたの？」

驚きと恐怖で、上手く声が出ない。桜庭さんに言葉を返せないまま、体がふわふわとした感じだったが、何とか立ち上がる。巨体の全貌を見ようと辺りを見渡した。

カフェ全体でも入りきらないような体は墨汁のように真っ黒で、10秒以上は僕らの前をゆっくりと流れていた。僕がその正体に気づいたのは、この生物のしっぽを見たからだった。

「クジラ……？」

「クジラ？　クジラが泳いでいるの？」

見えるはずもないのに桜庭さんは、僕の視線の先を追っていた。大きなクジラが、悠々と僕らの前を泳いでいく。

これは、一体誰のなんだ？　もちろん本物ではないことはわかっている。誰かが連れている、そう思った。

その大きな体のほとんどが店内にはなく、僕の目の前から姿を消そうとしていた。

「桜庭さん、ちょっとごめん……！」

隣に座っていた桜庭さんを押し出すように席から抜け出し、僕は店の外へ出た。

クジラは、とどまることなく、ゆっくりと前へ進んでいく。皮膚の表面はざらざら、ごつごつとしていて、腹部は修正液のような白色がよく目立つ。ザトウクジラだ。

体が大きすぎて、住処と思われる人間の姿は全く見えなかった。僕が辺りを探していると、クジラは突然大きな口を開いた。人間なんて一口で呑み込めそうなほど大きい。近寄ることすら躊躇《ちゅうちょ》する。

「ねぇ、どこ行くの！」

桜庭さんが僕の後を追って店を出てきた。

クジラは母親と一緒に歩道を歩いていた園児の魚をあっさりと口に含んだ。

「ああ！　待て！」

僕が駆け出そうとすると、桜庭さんは慌てて僕の腕を掴む。

「待って！　赤信号だよ！」

すぐに僕の前を多くの車が走り抜けた。信号を待っている間に、すいすいとクジラは泳ぎ、小さくなっていく。

大きなトラックが通った後、その姿は見えなくなっていた。

「全然何が起きてるのかわかんないよ。波田野君も突然いなくなったらびっくりすると思うし、とりあえずお店に戻ろう？」

「……うん。ごめん」

横断歩道の向こうでは、大量の魚を食べられた園児が大声で泣いていた。

減った魚は、増えることがない。それなのに、あんな風に通り魔的に魚を食べられてしまうなんて。あのクジラの一口で、突然0匹になることだってありえる。

「なんだったんだ……」

「……で、結局なにが起きたの？」

「見たこともない大きなクジラが泳いでたんだよ」

「クジラかぁ、水族館でも見れないよね」

桜庭さんの平和そうな口元が、魚たちの隙間《すき》から見える。

カフェに戻ると、座ってノートをまとめている波田野君がいた。僕は飛びつくようにテーブルへ駆け寄った。

「波田野君、クジラは見たことありますか？」

「……いえ、見たことないですね。泳いでたんですか？」

「ここを通り過ぎていきました。僕もさっき初めて見て……しかも、道端にいた子供の魚を食べたんです……」

「それは……」

波田野君も、何とも言えないような、困惑の表情を浮かべていた。

「追いかけたけど、見失ってしまって……今もあんな風にすれ違う人の魚を食べ続けてるとしたら……」

最悪だ。想像するだけで落ち着かない。僕は、窓から外を何度も確認した。

「とりあえず、今日はお開きにしよっか。私たちは、来週から夏休みなんだよね。今週末は学園祭だから、次の予定は、来週の水曜日とか……だめなら、その週の日曜日はどう？」

ことの重大さを理解してない桜庭さんは、のんきに次回の予定を立て始めていた。

「僕の学校も来週から夏休みに入るので、水曜日で大丈夫ですよ」

そんな2人の会話に、僕は適当に相槌を打つだけだった。

いつの間にか迎えた夕方。カフェを出て、街を見渡すと、同じようなタオルを首にかけている騒がしい人たちとすれ違った。

「今日、有名グループのコンサートらしいね、なんていうグループだったかなぁ」

「そうなんだ……」

「もう、どんなクジラを見たのか知らないけど、上の空すぎるよ。私、ちょっと用事あるからこっち行く。また明日ね」

桜庭さんの低い声色が、彼女の苛《いら》立ちを物語っている。

それでも、そんなことも気にならないくらい、僕の心はざわざわしていた。

「なんでだ？　おかしい……」

僕はコンサートを楽しみにしている人の波を見て、その違和感に気づいていた。

*

僕らは学園祭の準備をするために、教室に残っていた。クラスの出し物はベビーカステラの模擬店だ。入れるカップに絵を描く作業と、教室の飾りつけの最中だった。

「ねぇ、今週末の学園祭、一緒に回ろうよ！」

桜庭さんが声を弾ませて僕に提案をしてきた。周りの魚もルンルンとした様子で旋回している。

「却下。僕は屋上で本を読んで過ごすから、他の人と回りなよ」

桜庭さんを連れて校内を歩き回るなんて、僕にとっては自殺行為と同じだ。

「屋上の鍵をしっかり施錠してもらえるように、先生に言いに行こうかな」

「先生と仲良しだからって、そうやって利用するのは良くないよ」

「人聞きが悪いなぁ。1日中じゃなくても、午前だけでもいいから一緒に回ろうよ。ね？」

去年は誰も来ない屋上で本を読んで過ごした。男女の楽しむ声、ステージの盛り上がりを聞いていると、僕だけが違う世界にいるみたいだった。内心、誰も探しに来てくれないことを寂しく感じたりもした。

「しょうがないなぁ」

どうせ、ここで断っても桜庭さんが折れるなんてことはありえない。これだけの魚を引き連れているのだから、駄々をこねる子供とそう変わらない。

「見どころは、何といっても有志だよね！」

この学園祭には『有志』と呼ばれるイベントがある。生徒会のみがその詳細を把握し、誰がどのような内容で出演するかなどは、全く知らされていない。

そもそもタイムテーブルがないので、会場にずっといないと面白いものも見逃してしまう。学園祭は一般公開しているから、移動するのも大変なくらい人が集まってくる。

「今年は誰が何をやるんだろう。去年は歌とか、楽器演奏が多くてコンサートみたいだったよね」

『有志』を実際に見てはいないが、ドアを開放している体育館から流れてくる音は、屋上まで届いていた。

「今年も音楽系は多いんじゃない？」

僕は、自分の描いた熊のできに顔をしかめた。

「何それ、猫？」

「もっと強い動物だよ、あと体も大きい」

「うーん、虎？」

「ネコ科から離れる気はないんだね」

とりあえず、僕が描いたものは虎ということにした。僕らのクラスは出し物が決まるのも早く、順調に準備が進んでいる。

傍らで、桜庭さんは何度も男子に呼び出され、席を外していた。もちろん、何もなかったように数分で戻ってくる。

学祭マジックで、この時期はカップルが増殖している。ただでさえ暑いのに、教室の至るところで魚が跳ね続け、一層暑苦しい。

クラスTシャツに恋人の名前を入れている人もいて、つくづく夏は頭の中まで溶かしてしまうんだなと思う。

それなのに桜庭さんは魔法などかかる気配は一切なく、魚1匹跳ねずに戻ってくるのだから、その辺の怖い話よりずっと恐ろしかった。

大きなイベントの1つにミスコンがある。去年も推薦でエントリーされ、1年生で見事グランプリに輝いた桜庭さんが、今年もエントリーされるのは間違いない。

正直、僕の自由時間が保証されるのは、ミスコン準備と本番の間のみという気がしていた。

間近に迫った学園祭にどの生徒も浮わついている。教室に立ち込める熱気は、夏のせいだけではないのかもと、僕はうちわで自分を扇いだ。

＊

学園祭当日は、蒸し暑い空気に包まれながらも、雲一つない晴天だった。

美術部が制作した校門すぐのアーチは、機械式腕時計のムーブメントのような模様で歯車がとても細かく描き込まれていた。僕には不可能な領域の作品だなと感心しながらアーチを眺めていると、桜庭さんが陽気に挨拶してきた。

「橘君、おっはよう！」

学園祭だからか、テンションがいつも以上に高い。髪型も普段と違って、頭の上で長い髪をまとめ、お団子にしているのが見える。魚たちが彼女の周りを踊るように泳ぎ回っている。

いったん教室に集合し、朝のホームルームを終えると、学園祭は幕を開けた。

2日間ある学園祭のスケジュールは、1日目がクラス対抗仮装大会と模擬店。2日目は引き続き模擬店、それからミスコン、有志、花火とイベントが盛りだくさんだ。

というわけで、すぐ近くの市民ホールへ移動し、仮装してダンスを踊るという絶望的なイベントをこなす。

学園祭準備に充てられた授業時間はもちろん、放課後も仮装リーダーの指導を受けてきた。普段は全く関わりのない陽キャにビシバシとしごかれた。

だけど、せめて足を引っ張らないようにと頑張れたのは、彼らの魚が楽しそうに跳ねるだけでなく、とても熱心に取り組んでいるのが目に見えてわかったからだ。

そして今日、僕たちのクラスはチャーハンの仮装をして、この時代にパラパラを踊る。

衣装は衣装係がデザインし、ミシンを使って制作した。他のクラスが、それぞれのテーマに合わせて忍者とかサンタに仮装している中で、あえてのチャーハンだった。

もちろん理由がある。学園祭は最後に最優秀のクラスを決めるが、仮装大会はその配点が最も高い。忖度とは言いたくないが、仮装の最優秀賞、優秀賞は例年3年生が取っている。3年生以外が取れる可能性のある賞は、審査員特別賞のみだ。

この賞は、3年生よりも衣装やダンスの質が高いクラスか、笑いを取ったクラスが受賞する傾向にある。

僕たちのクラスは、後者狙いに全振りしていくというわけだ。

「はい、これ」

衣装係から渡された衣装は緑。予算も限りがあるため、おのずと買える布の量も決まってくる。緑の短パン半袖という出立ち、指定のあった白の靴下は笑いを本気で狙いにきた証だ。帽子は、円柱状に丸めた段ボールを緑と白の画用紙で包んだもので、即席感がハンパない。

「橘君、似合う！」

教室に響いたのは、悪気なんて1ミリもない桜庭さんの言葉だ。わかっている。この言葉に嫌味は含まれていない。僕は懸命に聞き流した。

「……うん、ありがと」

「ネギ役の帽子、丸くて可愛いね」

楽しそうな声で、僕のメンタルは削られていく。この衣装が似合うと褒められても、全然嬉しくない。どうか、黙っていてほしい。

そんな桜庭さんは1人で紅ショウガ役をこなす。その他大勢がご飯と卵をやるのだから、紅ショウガはある意味主役かもしれない。衣装も力が入り、赤とピンクのワンピースにリボンまでついている。

その愛くるしさから、会場へ移動すると、記念撮影を希望する人が1クラス分くらい集まっていた。

仮装は1年生から順番に披露していく。1年D組の仮装テーマは舞踏会。女子が着ているドレスは華やかだった。衣装のレベルが高い。

ただ、その予算の帳尻合わせは見るからに男子がやっている。ベストと蝶ネクタイだけは作られているけど、シャツやズボンは学校の夏服で代用させられている。

音楽が始まると、ゆっくりワルツを踊り出した。1年生は初めての仮装だ。その魚の多くが、緊張からか泳ぎがぎこちない。

一生懸命やっているのに意地悪かもしれないけど、優雅な音楽にそぐわない泳ぎだ。僕はくすっと笑ってしまった。

ほどなくしてステージの拍手が止んだ。ついに僕らの番だ。ステージの隅で作った円陣の中心に、仮装リーダーが立った。

リーダーの言葉を待つみんなの魚は、飛び跳ねている。桜庭さんの魚も忙しない。緊張感よりも本番への期待感がひしひしと伝わってくる。

仮装リーダーは大きく息を吸った。

「じゃあいくよ！　みんな、チャーハンは？」

「パラパラしか勝たん！」

一斉にジャンプした魚と僕たちは、それぞれのポジションへと散った。ステージの真ん中へ出てきただけで、観客席から笑い声が聞こえてくる。

調理音が鳴り出すと、ネギ役は一斉に転げ回る。ご飯役と卵役は手を繋ぎ、走ったり跳んだり、エアーハードル走を1分こなす。ほとんどのクラスメイトはこれで体力がゼロになっているはずだ。

桜庭さんはというと、観客へ手を振ったりしてファンサをし続けるのみだ。

演技の中盤に差し掛かった頃、音楽が一転し、ユーロビートのダンスミュージックに変わった。アップテンポな曲調に合わせてパラパラを踊り始めた途端に、どっと大爆笑が巻き起こった。

クラスみんなの魚は大きく飛び跳ね、近くの人の魚と混ざり合い、ひとつの群れを形成しているように見えた。みんな疲れているはずなのに歓喜しているのがわかる。僕もつられるように、自然と笑みがこぼれた。恥ずかしかったけど、頑張ってきた甲斐はあったのかも。

拍手喝采《かっさい》を浴びながら待機席に戻り、ネギ帽子を脱いだ。帽子がなくても、緑の半袖短パン白靴下の姿が異様であることは変わらない。

「楽しかったね！」

桜庭さんの魚は緊張から解放され、晴れ晴れとした様子で泳いでいる。

返答しようとしたとき、僕と桜庭さんの間にクラスメイトの三上《みかみ》君が座った。彼が連れている7匹のサカサナマズは、ぷかぷかとお腹を上にしている。

待機席における僕の隣は彼で合っているけど、無言で間に入るなんて、なんだか心に渦巻く彼の負の感情を感じてしまう。

三上君は左右にいる僕と桜庭さんを勢いよく見て、自分の卵の衣装を引っ張り、こう言った。

「信号機」

盛り上がっていた周囲が凍りつく。僕も、あの桜庭さんでさえも何も言葉を発さなかった。

仮装大会を終えて学校へ戻ると、模擬店を回る時間になった。だけど、桜庭さんの姿はない。明日は僕と一緒に模擬店を回るために、今日は写真撮影や告白を含むその他諸々のイベントを片付けている。

ネギの衣装からやっと解放され、模擬店のいももちを買って屋上に向かった。桜庭さんが先生に施錠を頼んでいないか心配だったけど、鍵はかかっていなかった。

空は曇り始めていて、日陰にいればそれほど暑くもない。

いももちはほんのり温かく、あまじょっぱかった。

読みかけのまま、しばらく放置していた小説を鞄から出して開いた。数ページ読んだあたりで、僕は疲れていたのか、いつの間にかうたた寝していた。

屋上に吹いた、強い風で目が覚める。

携帯を確認すると1時間ほど経っていた。桜庭さんから連絡はない。よほど忙しくしているのだろう。

僕は再び本を開き、下校時間になるまで久しぶりに平和な時間を過ごした。

*

「ねぇ、執事喫茶だって！　行ってみようよ！」

学園祭2日目。彼女は嫌がる僕を引きずり、2年C組の模擬店の出し物である執事喫茶に入った。

「おかえりなさいませ。お嬢様、ご主人様」

出てきたのは、執事姿の高瀬《たかせ》君だった。長袖、長ズボンに白い手袋までつけている。扇風機しかない真夏の教室で、この衣装は地獄すぎると思った。それと高瀬君は野球部だ。執事の身だしなみ的に、丸坊主で日焼けはだめな気がする。

席に案内された僕らは、コンセプトにのっとって紅茶を頼んだ。

「うん、アイスティーしみる！」

冷えたアイスティーはとても美味しかった。くし切りのレモンが添えられたグラスがおしゃれで、手が込んでいて感心する。

「僕らは12時から模擬店の当番だけど、こんなにクオリティー高くできるかな」

「笑顔で接客すれば大丈夫だよ！」

きっと、キラキラ笑顔でそう言っているのだろう。桜庭さんほどの美人となれば、笑顔を振りまくだけで、どんなガラクタでも売れるかもしれない。

僕の笑顔は彼女のように価値がないから、この真夏に調理場で熱さと戦う強い男になろう。

「橘君も、もっと笑ったらいいのに」

「感情の起伏に乏しいもので」

「いないいないばぁしてあげようか？」

「対象年齢は考えてほしいなぁ」

執事喫茶を堪能してから、3年B組の美術展を訪れた。教室の真ん中には人魚が座り込んでいる。マネキンを改造して作られたものらしく、関節のつなぎ目を、長い髪や真珠に見立てたビーズで隠していた。

「すっごい長いつけまつげしてる！」

「桜庭さんには感性ってものがないの？」

顔もリアルに描き上げられ、瞳の澄み切ったエメラルドグリーンは、不思議と潤んで見えた。

下半身も、鱗が均一につけられ、緻《ち》密に作られている。窓から入る陽の光を、きらりと反射する様が本物の鱗みたいだった。

２枚ほど写真を撮り、次へ行きたがる桜庭さんと教室を後にした。

「結構並ぶから、午前中あっという間に終わるね」

僕がそう言うと、桜庭さんからは小さな溜息が漏れた。

「あーあ。これからまたミスコンに召集かかって行かなきゃいけない。まだ回りたいところいっぱいあるのに……」

「全校女子を敵に回す発言だなぁ」

「去年もやったもん」

「連覇したらかっこいいんじゃない？」

「もうやりたくないよ」

駄々をこねだす様子が、近所の小さな子供にそっくりだ。

「うーん。じゃあ、頑張ったら1年B組のトロピカルジュース買ってあげるよ」

「本当？」

「グランプリじゃなかったら、僕が買ってもらおうかな」

「えー……………わかった！　それなら頑張る！　じゃあ必要なものあるから、ちょっと行ってくるね！」

ほんの少し考えた後、いきなり声を張り上げた彼女は、僕の前からロケットの如く走り出していった。トロピカルジュース1つで、こんなにやる気を出す女子ってどうなのだろう。ますます子供みたいだ。

思ったより早めに解放された。

僕は教室へ行き、鞄から本を取り出した。

「橘君って、桜庭さんと付き合ってるの？」

名前も知らない女子生徒が唐突に訊いてきた。

ここ最近、僕がされる質問ナンバーワンだった。違いますと言い続けているにもかかわらず、一向に減らないこの質問。僕もさすがに返答するのが面倒くさい。

「いや、本当にそういうんじゃないから」

辛うじてそう伝えると、屋上への階段を登った。

体育館や中庭では何かしらのイベントが催されていた。どこへ行っても騒がしい。唯一、人の声が遠ざかる屋上。昨日よりも強い日差しにげんなりしつつ、柵によりかかった。

真っ青な空に、控えめな雲が流れていた。

桜庭さんがいなくなると、途端に独りぼっちの世界が蘇《よみがえ》る。最近、そのギャップを感じることが増えた。今まで何とも思わなかった独りの空間が、静かだと思うようになっていた。

校舎にはたくさんの人が出入りし、魚たちも集まったことで団子状になって見える。

みんなイベントとか、人が集まるところが本当に好きだな。それですぐに他人と仲良くなったり、思い出を作ったりできるなんてなんだか単純だな、と思う。

ぬるい風に吹かれながらそんなことを考えていると、僕の目に見紛うことのない、あれが姿を現した。

「まさか……！」

屋上から階段を駆け下り、人にぶつからないよう、できる限り急いだ。

あの黒い図体、ところどころに入る白い傷のようなライン。悠々と、大海を揺れ進むような大振りでスローな泳ぎ。僕が先日カフェで見かけたクジラだ。

学校の廊下からはみ出すその大きな体が、屋上から見えた。

「たぶん、2階だ」

上から見ていた僕は、恐らく2階辺りからクジラの体が見えたと考えていた。4階建ての校舎の階段を駆け下り、2階に着くと同時に辺りを見回す。

それぞれの模擬店に行列ができ、人間とそれにくっついている魚とで廊下はごった返している。見る限り、クジラの姿はない。

「あれ……いない……？」

心臓は痛いくらい脈打っている。こんな身近なところで犠牲者が増えるかもしれない。額と手に汗が滲《にじ》んだ。

上から見下ろしたときのクジラの姿が何度も頭の中で再生される。もしかして、3階だったのだろうか。上へ戻ろうか迷っていると、僕の肩を誰かが勢いよく摑んだ。

「ねぇ、何してるの？」

振り向くと、桜庭さんの魚が僕の視界を埋めた。この人ごみの中で、僕のことを見つけられたのか。クジラという大きな標的さえ見失う自分とは大違いだ。

彼女の左手にはお菓子がパンパンに入った袋がぶら下がっていた。

「いや……というか、どうしたの？　それ……」

「あ、ミスコンで配るの。そうした方がより票が入るって先輩が言ってるの聞いたことあるんだよね。絶対に連覇してトロピカルジュース買ってもらうんだから」

「……いくらしたの？」

「まぁ、千円しないくらいかな？」

「そのお金で、ジュース買えたんじゃない?」

一瞬の間があったのは、桜庭さんもそう思ったからなのだろう。

「じゃあ、ミスコン頑張って。僕は、探し物があるから行くね」

「だめだよ! 12時から模擬店の当番だよ? 私たちも行かないと!」

時計を見ると、当番の15分前だった。まだクジラを探したい気持ちでいっぱいだけど、さすがに当番を放棄する訳にはいかない。

僕は家庭科室で、ベビーカステラを焼く人と交代した。桜庭さんは2年A組の教室に戻り、会計係の当番についた。

甘く焼ける匂いが漂う。ベビーカステラは人気らしく、僕は手を止めることなく焼き続けた。焼いている間も、廊下を通るお客さんや、窓から見える中庭の人に目を光らせた。楽しそうに手を繋ぐカップルや、学外の来場者がカップに入ったベビーカステラを美味しそうに食べていた。

すぐに2時間の当番は終わった。でも、クジラを見つけることはなく、もう帰ってしまったのではないかと思った。

そもそもクジラが住処としている人間は、どのような人物なのだろう。自分のクジラが人の魚を食い散らかしていると知ったらどう思うか。

どう思うも何も、僕の頭がおかしいと思われるだけか。必死に探してはいるけど、住処である人を見つけて、僕は一体どうしたらいいのだろう。

「では、桜庭、連覇を目指して行ってまいります」

赤いエプロンを折り畳んで机に置くと、彼女は僕に敬礼して教室を出て行った。

これからすぐにミスコンが始まり、その後は『有志』もある。多くの人がイベント会場である体育館へ流れていった。桜庭さんの活躍を見届けるべく、僕も人波に乗った。

カーテンを閉めきり、暗くなった体育館にカラフルな光がちらつく。赤、緑、青、黄色とライトは色を変え、大音量でテンポの良い曲が鳴り響いた。曲に合わせ、小さかった手拍子は段々と大きくなり、ステージの真っ赤なカーテンが開かれるのを待ちわびていた。

「皆さん、お待たせいたしました。当校が誇る絶世の美女たち、グランプリに輝くのは誰なのか！　このミスコンでは、ここにいるすべての人が投票者です。彼女こそ、グランプリにふさわしい。そう思った美女に投票よろしくお願いします！　それでは、間もなく始まります！」

生徒会長がしゃべり終えると、曲は段々と大きくなっていった。

エントリーナンバー1番から、順々に体育館中央に作られた花道を歩いて行く。クラスTシャツを着てクラスの団結をアピールする者、校則違反もお構いなしのスカート丈に猫耳までつけた強者など、それぞれが登場する度に大きな歓声と拍手が響いた。

「エントリーナンバー8番、桜庭澄歌《すみか》さん！」

桜庭さんの魚群はいつも以上に彼女の周りを跳ねるように泳いでいる。ピンクの魚は、風に舞う花びらみたいだ。1人だけ桜吹雪のオプションがついている。

彼女はいつも通り普通に制服を着こなし、くるくるとリズム良くステップを踏みながら、飴やクッキーを袋から観客に向かってばらまいていた。

僕から見ると、お菓子と魚、桜が舞っている。おとぎ話のような世界に、この会場で僕だけが足を踏み入れていた。

「可愛すぎ！　こっち向いて！」

僕のすぐ後ろからだけじゃなく、至るところから黄色い声が飛び交っている。彼女はステージに上がる1歩手前で振り返る。両手のピースサインが魚群から飛び出した。周囲では、記者会見みたいにシャッター音が鳴っている。今まで歩いた人たちを圧倒する人気ぶり。すでに格の違いを見せつけていた。

「これはジュース確定だな」

ここまでの人気を誇る桜庭さん。僕は段々と彼女の素顔への興味が湧いていた。一体どんな顔をしていたらこんなに人気が出るのか。

彼女の後も、数人エントリーした人たちが花道を歩いていく。どの人も色鮮やかな魚を連れていた。ウズマキヤッコやイエローコリスのように独特な模様や発色が目を引く。

自信があり、自分を肯定できる人物の魚は派手で数が多い。ミスコンを見ていると、やっぱりその通りだと思った。

「それでは、お持ちの携帯で投票をお願いします」

投票サイトには、番号と写真があがっている。僕は8番を選んで投票ボタンを押した。

「ではでは、お待ちかね『有志』の時間です！　ミスコンの結果はこの後に発表があります！　今年の『有志』もとても熱い内容が詰まっていますので、お楽しみに！」

鼻眼鏡をつけた生徒会長が再登場し、拍手をうながした。体育館のカーテンは開き、窓もすべて開放された。一気に入り込む風が、夏の体育館の蒸し暑さを奪っていく。周辺も明るくなり、タオルを振り回す男子生徒と目が合った。

彼の魚はモンガラカワハギだ。黒い体にお腹の白い斑点模様がとても目立つ。背中や口周りは黄色で、おしゃれな感じだ。

すぐに目を逸らされた僕は、ただ彼の魚が狂ったように飛び跳ねるのを見ていた。

ここから数時間『有志』が行われる。体育館にはさらに人が押し寄せていた。体育館の外へ直接つながる非常口の扉も開け放たれ、そこから中を覗いている人もいた。

会場には新鮮な風が不定期に入り、かなり汗ばんでいた僕のクラスTシャツには救いだった。

ズボンのポケットに入れていた携帯が震える。

桜庭さんから、今どこらへんにいるのかを尋ねる連絡だった。位置を教えても、こんな状態だ。ここまで来るのは厳しいだろう。

とりあえず、『有志』が見やすいステージの前の方にいることだけ伝え、画面を閉じた。

大きなドラムの音が体育館を駆け抜ける。耳がぐわんぐわんするほどの音に、暑さでボーッとしていた僕の頭はハッと覚めた。驚いたのも束の間、すぐにリズムが刻まれ、合わせるようにギターが重なって、音は簡単に音楽へと変化した。手拍子も加わり、体育館は一瞬でコンサート会場へと変貌する。

演奏している人の魚は、ステージを見ている人たちの魚以上に暴れ狂い、跳ね続ける。長いギター音が響くと、それを合図に流行のアニメソングが始まった。高校生とは思えない演奏に、僕はただただ立ち尽くし、聴き入っていた。

去年もこんなに胸を熱くする素晴らしい演奏だったのなら、聴いていれば良かったと思った。今年も本当は屋上で過ごす予定だったけど、こんなに前の方で『有志』を見ている。ほんの少しだけ、桜庭さんに感謝していた。

演奏が終わると、拍手と歓声が会場を包んだ。演奏者の名前を叫ぶ者、アンコールをする者もいる。しかし、時間の割り当てがあるため、アンコールは行われないまま演奏者は舞台袖へはけていった。

多くの人が動画を撮っていた。こんなにレベルの高い演奏なら、多少容量をとっても保存する価値は十分ある。

次に姿を現した人物を見て、会場が落ち着きを取り戻す。と同時に、女子が若干の悲鳴を上げた。

銀縁の眼鏡をかけ、長い髪を隠すように帽子を被っている。猫背とは程遠い、胸を張ってそこにいたのは、あの清水君だった。

たった1人、静まり返ったステージで彼はうつむいたまま立っていた。バイカラードティーバックが、大きく跳ねまわる姿から、彼がうずうずしているのが伝わってくる。

突然鳴り出す音楽、不意に入るロボット音に合わせ、彼はカクカクと体を動かす。首の動きも、腕の動きもギリギリ人間といった感じで、ロボットだと言われれば納得してしまいそうだった。

そして彼がロボットダンスを始めた瞬間、爆発的な歓声が巻き起こった。夢にも思わない光景に、多くの人が目を離せなかったと思う。

あの魚を連れている人は、どこかで自分を表現する場を求めている。僕は彼のダンスを見て、そんな風にも思った。

彼は人が見ていないところで何時間も練習を積んで、こんな風に披露できるまでに至った。今日、教室に戻る彼を、誰も薄気味悪いなんて言わないだろう。かっこいい彼を、正直羨ましく思う。

会場中の人の魚が大きく跳ねていた。魚はリズムを合わせるように跳ね、ウエーブを作る。すごい一体感だ。鱗が光り、ステージという渚をめがけて波打っている。

音楽と一緒にピタリと動きを止めた彼の口元は、わずかに笑っていた。体育館中に鳴り止まない拍手。ここで何人ファンができたのか。彼の名前をやたら得意げに叫ぶ人すらいた。

熱気が立ち込める体育館で、彼は一礼して舞台袖へ姿を消した。興奮冷めやらぬ会場。すごかったという感想があちらこちらで飛び交っている。

胸が高鳴るような余韻に浸る僕は、さっきまでのぬるい風とは異なる、かすかにふんわりとした風を感じた。

誰かのうちわの風だろうか？

次の瞬間、後ろから僕の頭上を影もなく、大きな口を開けたあいつが通った。会場は一体感を作り上げ、大きい魚群となっている。まるで狙っていたかのように、真っ黒なクジラは迷うことなく魚の群れを口の中へ吸い込んだ。

声も出ないまま、反射的に身を屈める。不思議そうに、周辺にいた人たちが僕を見ていた。彼らの魚は、僕の目の前で丸ごと呑《の》み込まれた。0匹になってしまったかどうかまで確認する余裕はなかった。目の前で次々と大量の魚が、食べられていく。

やっと収まって息を潜めていた焦りは、噴き出すように蘇った。すぐ近くに、クジラの住処である人物がいるはずだ。僕は人を押しのけながら出口の方へ向かう。

想像以上に多い来場者。まともに進んだ気がしない。何度も謝りながら、大きな口で魚を呑み込むクジラをどうにか止めようと、必死になって進んだ。騒いでいた観客が段々とおとなしくなっていく。かなりの魚が食べられている証拠だ。

波田野君と会った日、僕が感じた違和感は間違っていなかった。あの時、コンサートに向かう途中でも魚が全然跳ねていなかったのは、こいつのせいだったんだ。

大きなクジラに恐怖を示した魚が、住処に隠れようと身を潜めていた。ということは、少なくともクジラが通ったところは、魚がおとなしくなっているはずだ。

僕は飛び跳ねている魚のすぐそばで、じっとしている魚たちをたどる。

「橘君！　やっと見つけた！」

魚が跳ねまわっている桜庭さんが僕の前に現れた。近くには大きなクジラがいる、彼女が被害に遭う可能性は高い。

「桜庭さん、次の『有志』まで少し時間が空くみたいだから、屋上で話さない？　先行ってて！」

「え……、ちょっと！　一緒に行こうよ！」

彼女は僕のクラスTシャツを引っ張る。

そうこうしている間にも、クジラは食べるのを止めない。増え続ける犠牲に、僕の焦りは頂点だった。

「桜庭さん、クジラがこの会場でみんなの魚を食べてるんだ。早くクジラの住処である人間を見つけないと、もっと多くの魚が犠牲になる。魚が減るとどうなるかは前に話したよね？　桜庭さんの魚はまだ食べられてないから、早く屋上へ逃げて……！」

一瞬、こんな話を信じてもらえるのか不安に思ったが、彼女の顔を覆う魚たちを見て、僕は信じる選択をした。

「……わかった」

大きく頷いてくれたのがわかった。桜庭さんは出口へ向かい、僕は魚たちの動きが落ち着いている場所をたどる。

おとなしくしている魚の先に、1人の男の姿があった。濃いグレーのYシャツ、黒いズボンに赤いスニーカーを履いている。髪は肩につく程の長さ、顔はここからでは見えなかった。

彼はもう、体育館の非常口から外へ出ていて、その後を追うように大きなクジラもゆらゆらと泳いでいた。

「待て！」

　やっと体育館から抜け出し、走りながら叫んだ。クジラの巨体で周りの物が見えづらくなり、突然目の前に現れた人とぶつかってしまった。

「すみませ……あれ？　なんでここに？」

　ぶつかった衝撃でズレたのか、眼鏡をかけ直していたのは波田野君だった。

「桜庭さんに勧められて、初めて一般公開を見に来ましたが……すごい人ですね。橘君の姿が遠目から見えたので、頑張って歩いてきたんですけど……」

　彼は、人ごみに酔ったらしく、なんだかげっそりしていた。

「あ、ごめん。屋上に桜庭さんがいるから先に……」

「ちょうど少し前に……桜庭さんが橘君を探してました……見つけたら連れてくるようにって……すみません……ちょっと人酔いして……気持ち悪いので……できれば保健室まで……案内してもらえると……」

　やっとのことで話をしている。何度か額や口元を押さえていて、今にも倒れてしまいそうだ。

みるみる小さくなっていくクジラの背中を、僕はまたも見送るしかなかった。体育館の中を振り返るのは怖くて、外から保健室へ向かった。

「大丈夫？　今日のこの気温も原因かもね」

ベッドに横になって休む波田野君に声をかける。彼はうーんと唸るばかりで話にならなかった。

あのクジラ、多くの人が集まる場所に現れては魚を貪っているのか。その住処になっているのはどのような人物なのだろう。クジラから連想される性格なんて、想像がつかない。

そもそも、住処となっている人間は自分のクジラが魚を食べていることなんて知らないだろう。人が集まる所に、ただ遊び感覚で来ているだけなら、大迷惑だ。

今日はじめて、クジラの住処と思われる人物を見た。しかし、突き止めたとして、どうやってあのクジラを止めればいいのだろう。到底解決できそうにない問題がぐるぐると頭の中で渦を巻いていた。

30分ほど経ち、ようやく波田野君は起き上がった。

「すみません、なんとか調子が戻ってきました……」

顔色も良くなり、彼は布団に置いていた眼鏡をかけた。

「あ……！　桜庭さんを待たせてるの忘れてた！」

僕は何の連絡もなしに、桜庭さんを待たせていることを思い出した。携帯を見ても連絡はない。これは、怒っているかもしれないなと思った。

波田野君にはゆっくり来るように伝え、屋上への階段を駆け上がった。さすがに1階から屋上まで階段を一気に上れば、太ももの裏側が突っ張る。息を切らしながら膝に手をついた。そして目の前のドアに手をかける。

勢いよく開けた先には、誰もいない無機質なコンクリートの屋上が広がっていた。息を整えながら、桜庭さんの名前を呼んでみる。僕の声が響くだけで返事はない。携帯で電話をかけるが繋がらない。ただただ流れる呼び出し音が、僕の中にある恐怖心を徐々に煽っていく。

「まさか……クジラに狙われて……」

煙のように立ち込めた不安に苛まれながら、僕は階段を下りた。足はもう限界で、何度かもつれて転びそうになった。廊下を抜け、教室へ向かう。その間も、桜庭さんの姿はどこにも見当たらない。

教室のドアを開けると、同じクラスの人たちが何人も集まっていた。その中心に、魚群を引き連れた桜庭さんが座っているのが見えた。

あぁ、良かった、屋上は日差しが暑くて、教室へ戻っていたんだ。後で待たせたことは謝らないといけないな。

安心したのと運動不足で、その場にへたり込みそうになったが、僕は、気を取り直して教室の中に入っていった。

「おい、橘。お前、魚が見えるんだって?」

話したことのない男子が、薄ら笑いを浮かべていた。

突然のことに何も言い返せず、状況も飲み込めないままだった。自分の目がありえないくらい泳いでいるのがわかる。足も手も震えて感覚がなくなり、息が詰まりそうになった。胸の苦しさは段々と強くなる。冷や汗が背中をすーっとすべり落ちた。

全然、声が出ない。それ以前に、完全に思考停止してしまって、何が起きているのかもわからない。

「それで桜庭さんからかって、仲良くしてたわけだ。おかしいと思ったんだよ、橘みたいなやつが桜庭さんと仲良くしてるなんて。なんだよ、魚が見えるって。冗談もほどほどにしろよ、気持ちわりぃ」

教室にいる全員が嘲笑《ちょう》していた。くすくすと笑う声が耳の中で反響して、頭の中で小学校の頃の友達まで一緒に笑っていた。

桜庭さんは僕が嘘をついてないことを必死に説明していたが、騙されて可哀相という同情の言葉にそれもかき消されていた。

何度も何度も思い浮かぶ、小学校でのトラウマ。これから先また同じ目に遭うと思うと、絶望感で目の前が真っ暗になる。

「みんな！　違うよ、橘君は本当に見えていて……嘘じゃないの！」

周囲の笑い声に負けないよう、桜庭さんは声を張っていた。彼女の隣に座っていた男子は、桜庭さんの肩を摑み、問いかけた。

「もしかして……桜庭さんって橘のこと、好きなの？」

ありえないとわかっていながら、教室の中は『有志』のように盛り上がった。驚いたのか、桜庭さんの魚群は慌ただしく泳ぎ回っている。

「そんなわけないじゃん！」

はっきりと口にした当然の答えに、みんな手を叩いて笑っている。「残念だったね」、「さすがに無理でしょ」と、聞きたくないのに1つ1つの声はやけに鮮明だった。桜庭さんの、当たり前の返答の何がそんなに面白いのだろう。

結局一言も言い返せないまま、僕は教室の外に出た。気持ち悪さが限界で、吐きそうだった。こんなことが現実で起きてしまったなんて。実は夢なんじゃないか、と何度も期待した。

「待って橘君！」

背後から桜庭さんの声がした。

信じてたのに。言葉にならない怒りが、僕の震える足を動かした。何も考えられないのに、全身で感じる嫌悪。

逃げたい。その一心で階段を駆け下りた。階段の踊り場から、音楽室のドアが見える。このまま逃げても、靴を履き替える時には追いつかれてしまう。一度隠れるべきだと思った僕は、重いドアを押し開けた。

誰もいない、音楽室。ドアを閉めると、こもった熱気が体にまとわりつく。

物音ひとつしない。何も聞こえないことに心から安堵した。

急に足の力が抜けて膝をついた。ぼろぼろとこぼれる涙は、延々と流れてくる。やっと吸い込んだ空気は、嗚咽に変わって、すぐ吐き出される。

息が苦しくて、手も腕も床につく。床はひんやりして、心地よかった。

あの頃と同じような日々を、卒業まで過ごすのか。鼻を伝って何粒もの涙が床へしたたり落ちた。胸が張り裂けそうになる。

音楽室のドアが、音を立てないようにゆっくりと開く。

「橘君……」

その場に倒れ込み、涙を止められずにいる僕にゆっくりと近づいて来る。

「来るなよ！」

張り上げた大声で、緊張している喉もとが軋《きし》む。桜庭さんは、その場に立ち止まった。

「あの……」

「信じられない……！　なんで？　なんで言ったんだよ！」

桜庭さんの言い訳なんて聞きたくない。抑えようのないどす黒い感情は、止まることなく湧き上がってくる。

裏切られた。桜庭さんに裏切られるなんて、思ってもみなかった。僕は空気のような存在でいられればそれでよかったのに。それももうかなわない。

呼吸すらまともにできないこんな苦痛を、桜庭さんは味わったことないくせに。

心の中で何重にも渦巻く気持ちをもうコントロールできなかった。気持ちをどうにかしようとすればするほど、押しのけるように涙が出る。視界もぼやけたままで、何も見えなかった。

「ごめ……ごめんなさい……屋上に向かう途中、呼び止められて……橘君に屋上で待っているようにって言われてるって断ったら、告白じゃないかって冷やかされて……違うよって言っても……聞いてもらえなかったから……」

洟《はな》をすする音がした。彼女も泣いている。

「ごめんね……！」

桜庭さんの足音がする。僕は「来るな」と彼女を突き放した。

「顔も見たくない」

どうせ見たって、魚しか見えないんだ。

まだ震える足に手をついて、立ち上がる。桜庭さんの横を通り過ぎて、そのまま教室にも戻らず学校を飛び出した。泣いている姿なんて、誰にも見られたくない。

どうして自分だけ、いつもこんな思いをするんだ。魚なんか見えなければ、もっと普通に生きていけるのに。

こんなもの見えなければ、自分が傷つくことも、相手を傷つけることもないのに。なくなればいい、こんな無意味で何の役にも立たない能力なんて。

いつまでも僕を振り回し続けるこの能力が、今すぐにでも消えてなくなればいい。今まで以上に強く、心の底から願った。

＊

陰鬱とした気持ちで、目が覚めた。

また今日が始まってしまった。

今日は終業式と、学園祭の片づけのための登校だった。行かないという選択肢もあるけど、夏休み明けが怖くなる。

それに、昨日無断で帰宅して先生から母に連絡が来てしまった。休めば母を心配させてしまう気もする。

洗面台に立つと、泣き続けた目は思ったよりも腫《は》れてはいなかった。

「あら、いつもより早起きね」

居間へ向かうと、母は台所に立っていた。

「なぁに？　そんなに驚いた顔して」

僕は、母の魚が１匹もいなくなっている状況を目の当たりにしていた。昨日の朝まではちゃんと5匹の魚が泳いでいたのに。

母は、不思議そうに僕を見たあと、朝食の準備を続けている。

「母さん……昨日、何してた？」

心臓が恐ろしいくらい強く拍動していた。魚がいないってことは、昨日、何かしらの罪を犯しているはずだ。僕は母を直視することができなかった。

「昨日？　ずっと家にいたわよ。海人が学園祭には来ないでって言うから」

「家で、何してたの？」

「なぁにぃ？　韓国ドラマ観てたわよ。主人公が本当にかっこよくってねぇ。あの高級車で駆けつけるシーンなんて目が釘付けだったわ」

その後も母はそのドラマのあらすじ、見どころ、感想などを僕が朝食を食べ終わるまで得意げに話し続けた。

聞いた情報を元に韓国ドラマを調べた。今期放送のもので、再放送などではないようだ。

うちには録画機能のある電化製品はないし、母は機械音痴で自分の携帯も上手く使いこなせない。家で1日中韓国ドラマを観ていたというのは、間違いなさそうだ。

それなら、どうして魚はいなくなったのだろう。家で韓国ドラマを観ながら犯せる罪なんてあるのか？

「あー、眠い」

気だるい様子で、父が居間へやって来た。相変わらず魚1匹見当たらない。無論、いなくなった魚は戻ってこない。父はもう、純粋な心など持ち合わせていないんだ。

僕の前に座り、朝食が準備されるのを待つ間、父は大きなあくびをしていた。鈍く光る指輪が結婚生活の長さを物語っている。

「今日は何時頃、帰りますか？」

母はトーストを皿に置く時、父に訊いた。

「そうだな、今日は残業になるから晩ごはんは用意しなくていい」

「わかりました」

端的な会話はすぐに終わり、生活音だけの食卓となった。

父の魚がいなくなった理由を僕は知っている。2年前、受験を控え塾に通っていた僕は、遅くなった帰り道で父の背中を見かけた。周りにイワシが泳いでいたから、確信して自転車で後を追った。

段々と父の背中が大きくなる。そこでふと気がついた。近づいたり、離れたりしながら、会話している女性がいることに。

2人はおかしな距離感を保ったまま、どこかへ向かい歩いている。女性が父の手を触る瞬間を見たところで、僕は自転車を停めた。

父の横顔が、久しぶりに見る笑顔だったからだ。イワシも小さな体をめいっぱい跳ねさせていた。

たくさんの車や歩行者が僕の横を通り過ぎた。その間に父は自宅とは別の方向へ、女性と歩いて行ってしまった。その日、父が帰ってきたのは、夜中の十二時を過ぎてからだった。

次の日の朝、前日まで泳いでいたイワシの姿はなかった。覚悟はしていたが、心の底からショックだった。

昨晩のことは見間違いだったんじゃないかと思うほど、いつも通りに朝食を待つ父。

母が焼いたトーストに、僕はいちごジャムを塗った。母は珍しいわねと言った。いつもの食パンなのに、あまり味がしない。ちょっとした甘酸っぱさだけが、いつまでも口の中に残ったのを覚えている。

父は寝不足なのか何度もあくびを繰り返し、僕の方など一度も見なかった。

あの日以来、父がその女性とどうなっているのかはわからないが、二度とイワシの姿を見ることはなかった。

*

「行ってきます」

と口に出したものの、学校へ行きたくない。でも、今日を我慢したら明日からは夏休みだ。それだけを心の支えに、僕は家を出た。

今日は雨だよと、母に持たされた折り畳み傘。その活躍が期待できそうな空は、僕の心のようにどんよりとしていた。

何も考えたくない。見たいものがあるわけでもないのに、ずっと携帯を見ていた。

電車を降り、学校まで歩こうと駅を出た時だった。

僕を呼ぶ声がする。聞きたくもない、桜庭さんの声だった。聞こえないふりをして、逃げるように走り出そうとした。

「橘君ってば！」

僕の鞄を摑んだ桜庭さんの手を、気づけば思いっきり払いのけていた。

ちょっとやりすぎたかも。

彼女の方を見ると、気まずそうにしている知らない女子が立っていた。丸くて大きな目に長い睫《まつ》毛。鼻筋が通り、肌も白くて、見たことないくらいの美人だった。

声が桜庭さんにそっくりだ。僕は知らない人の手を振り払ってしまったんだと焦りに焦っていた。

「あ、すみません。あの……どちらさまですか？」

そう尋ねると、彼女は口をきゅっと結び、大きな目を潤ませた。ぎりぎりこぼれずにいる涙。目線は僕の靴に向いて、何も言わない。

今にも泣きだしそうな女子を目の前に、どうしたらいいのか全くわからないでいた。駅前を歩く人のあからさまに攻撃的な視線が、四方八方から鋭く刺さる。昨日から本当についていていない。別に僕がいじめて泣きそうになっているわけではないのに。何の用かもわからなければ、誰なのかもわからない。なにより、彼女には魚が1匹もいない。とても優しそうな人に見えるけど、内面はその真逆だ。すごく美人だけど、あまり関わりたくない。

警戒しながら、控えめに彼女を観察すると、弱そうなサメのストラップがポケットから出ていた。

「え……桜庭さん？　……なの？」

涙を落としながら、何度も何度も頷く。僕の昨日までの怒りの大部分が吹き飛んでいった。

あの魚群は？　頭の中がそれだけだった。

桜庭さんまで、何か犯罪に手を染めてしまったのか？　昨日まであんなに魚を連れていたのに、そんなのありえるのか？　それとも、あの後、クジラに出会って魚を食べられてしまったのか？

目の前の現実を理解しようと必死な僕は、ティッシュを取り出してあげることさえできなかった。

「橘君、本当にごめんね……許してもらえないと思ってるけど……でも、やっぱり謝りたいから……」

昨日、音楽室で聞いた涙声だった。大粒の涙が顎《あご》でまとまって、アスファルトへ落ちる。よく見たら目の周りも真っ赤だった。

彼女は昨日、こんな風に泣いて謝ってたのか。魚群がいなくなってよく見えるようになった顔を見ると、急に罪悪感が芽生える。

それと同時に、昨日の怒りや、やるせなさも僕の心を容赦なく揺らした。こんなに反省して泣いて謝っている人を前に、すぐに許してあげられない自分の心の狭さにも嫌気がさしてくる。

「もう、いいよ。だけど、しばらく話したりはしたくない。ごめん」

これが僕の精一杯だった。無視できない黒い気持ちを精一杯削って、やっと言葉にしていた。

涙を拭わないまま桜庭さんは「うん、わかった」と返事をした。

僕は先に歩き出し、学校へ向かう。学校に着くまでも、着いてからも僕は魚を見ることがなかった。

誰も魚を連れていない。クジラが原因だとしても、1匹残らず食べきるなんてできないだろう。

魚がいなくなったんじゃない。魚が見えなくなった。そう考える方が自然だった。

桜庭さんより先についた教室。すでに開いていたドアを通り抜け、席に着いた。しんと静かになったように思えて、耳を澄ませばみんなのささやき声が聞こえる。

小学生だろうと、高校生だろうと、普通じゃない人への反応ってそんなに変わらないんだ。

誰も話しかけてこないのはいつも通り。「よく来れたな」その先の言葉が聞こえないように、イヤホンをつけた。

桜庭さんは約束通り、朝も、昼休みも、帰りになっても話しかけてはこなかった。

休み時間の度にいろんな男子が桜庭さんの元へ集っていたが、桜庭さんは席を立たず、ただぼんやり前を見ていた。

久しぶりに1人で食べたお弁当。いつもは1切れしか入っていない卵焼きが、なぜか今日は2切れ入っていた。

前に桜庭さんが卵焼きを食べたがっていたのを思い出したけど、僕は2切れとも口に放り込んだ。

学園祭の片づけや、終業式でもう14時だ。随分と静かな1日だったと思う。度々「虚言」とか、「変人」とか、そんな言葉が聞こえてくるけど、どこか諦《あきら》めがついている自分がいた。桜庭さんのせいで穏やかな日常が壊されてるのは、今日に限ったことじゃない。

朝に話をしたっきり、本当に僕らは何も話していない。

僕が言い出したことだけど、桜庭さんの「うん、わかった」という声が、今日は何回か自分の中で再生されている。その度に言い過ぎたかなと後悔しそうになる。

あんなにぽろぽろと涙を流している彼女を見ても、怒りが勝った自分が子供じみていて恥ずかしい。

でも、自分からまた話しかけようと思うほど、怒りの波が引き切ったわけでもなかった。

1学期の最後の最後で掃除当番だった僕は、夏休みについて楽しく話すクラスメイトの何人かと窓ふきをしていた。

使い終わったバケツをしまって、教室に戻ると誰の姿もない。こんな状況で挨拶や「先に帰るね」なんて一言があるわけもなかった。

校舎を出ると、背負い込んでいた不安から解放されて、足取りは軽かった。

雨は結局降らなかった。自転車ならあっという間に家まで着くから、帰り道がやけに長く感じた。

やっと着いた自宅の最寄り駅。ポケットからイヤホンを取り出したが、僕はまた元のポケットにそれをしまった。

ふと目をやると、いちごのぬいぐるみが大量に置かれた水色のキッチンカーが停まっていた。

桜庭さんは僕とは真逆の方面に住んでいる。いるわけないと思いながら、辺りを見回した。

するとキッチンカーの横で、クレープに口をつけている女子がいた。魚群がいなくても、桜庭さんだと思った。傍を通る男の人たちが、彼女を何度も見ていて、声をかけようか迷っているように見えたからだ。

遠目から観察していると、茶髪の若い男性が桜庭さんに声をかけた。僕からすると、その男性の魚も見えないのだから、悪意があるかどうかはもうわからない。

桜庭さんは何度か首を振ったが、男はその場を離れない。なれなれしく、桜庭さんの肩に触れ、引き寄せる。

たぶん、魚が全然いない人な気がする。会話も聞こえないし、顔もよく見えないけど、直感的にそう思った。

怒っていても見捨てるのは違う。僕は桜庭さんの隣に立っていた。

「え、誰？」

男は怪訝な顔で僕を見た。

「桜庭さん、こんなところにいたの？　先生たちが駅で待ってるから、早く行こう」

僕は桜庭さんの腕を引っ張った。もちろんそれは嘘で、先生という言葉を出したのは、相手を牽制するためだった。

「う、うん」

予想通り、男は不機嫌そうな顔をしながら歩き去った。

「……橘君、ありがとう」

「不用心な行動はやめた方がいいんじゃない？　なるべく人の多い所で食べなよ。じゃあね」

桜庭さんの腕をパッと放し、僕は歩き出した。

「ねぇ待って……やっぱり……」

放したばかりの腕が、今度は僕の腕を摑む。

「あー！　魚マンじゃん、また桜庭さんにちょっかい出してる！　こわ、ドン引き！」

声の主は三上君だった。

彼は入学当初、明るい人柄で人気者だった。だけど1か月ほどすると、いろんな女子を昼食に誘っては断られ、自作の恋愛ポエムを送りつけ、あっという間に違う意味で有名になっていた。

学園祭の仮装でも、独特のギャグセンと間で周囲を沈黙させている。

そんな彼が、ただ黙っている僕にまだ何か言いながら笑っている。三上君を見下していたつもりはないけど、正直彼には言われたくない。沸々《ふつ》と反発する心が、喉まで出かかる。

「あぁ！　三上君の周り、ヌタウナギがいっぱい泳いでる！」

隣にいた桜庭さんが、突然大きな声でそう叫んだ。

「ぬるぬる泳いでる！　いっぱい！」

三上君の周辺を指さしながら、表情は真剣そのものだった。僕も三上君も、桜庭さんに向けている視線は冷ややかだったと思う。

何言ってるんだこの人。絶対見えてないのに。

「ぬた……？」

「めっちゃねばねばしてるんだよ！　ねばーねばーって！」

混乱する三上君に、食い気味で言葉を被せていく。身振りはたぶん、ヌタウナギの粘液を持ち上げているんだと思う。何度もすくいあげるような動きを繰り返している。たまに、これが正解なのかと微妙な表情をするところが、へんな動きと全然合ってない。

桜庭さんの渾身の演技に、僕はこみ上げる笑いを止められなかった。

「あはははっ」

僕の笑いに気分を害したのだろう。三上君は顔を真っ赤にして「意味わかんねぇ」と吐き捨てた。それから歯を食いしばり、悔しさを滲ませながら、逃げるようにいなくなった。

「絶対嘘でしょ。というか、なんでヌタウナギなの？　面白すぎるよ」

久しぶりに笑いすぎて涙が出た。三上君にくっついていた魚は覚えていないけど、ヌタウナギではなかったはずだ。

桜庭さんの突拍子もない嘘と、そのチョイスに僕はまだ笑いが止まらない。

「三上君のイメージというか、つい最近テレビで見て衝撃的だったから、パッと出てきたの」

僕の面白いって言葉を褒め言葉として受け取ったのか、彼女は照れを隠すようにうつむいた。

「でも、そのおかげで橘君がやっと笑ってくれたから……良かったぁ」

桜庭さんは、たぶん僕とは違う意味の涙をこぼしていた。

「夏休み入っちゃうし、このままずっと話せなかったらどうしようかと思った。クレープも、1人で食べても美味しくないし……」

まだ半分も食べていないクレープを見つめ、何度も涙を拭う。

「僕以外の人とでも、食べればよかったじゃん」

内心、話ができて安堵したのは僕も同じだった。それなのに、素直に優しい言葉を返せなかった。

「橘君と食べるクレープが美味しいんだよ」

そんな僕とは対照的に、桜庭さんは素直な言葉を口にする。僕には見えないけど、きっと彼女の魚は今も元気に泳いでいるんだろうな。

湊をすすって、僕の顔色を窺うようにぽつりぽつりと昨日の学園祭について話し出す。

「グランプリになったんだよ……あの後、全然ステージに立ちたくなかったけどね……」

苦笑いする表情すら絵になっている。どんな表情を浮かべても、元がいいのは誰が見てもわかる。

「クラスのみんながお祝いって、たくさん飲み物やお菓子をくれたんだけど……私は橘君とトロピカルジュースが飲みたかった」

彼女のまっすぐな言葉は、やっぱり嬉しかった。

僕も素直になりたい。桜庭さんと話していると、勝手に思考回路がそんな風に組み替えられてしまう。

思っていることを、ちゃんと伝えよう。

自分の心の中には、伝えたい言葉がいくつもある。

何度も心の中で台詞を反芻《すう》して、意を決する。

「……連覇おめでとう。約束してたジュースは買ってあげられなかったし、代わりにカフェのクリームソーダで、どう？」

唐突な僕の提案に桜庭さんはびっくりした表情をした。が、みるみる明るい笑顔になっていった。たまにしか見ることのなかった三日月の目が、今は真っすぐ僕を見ている。

「うん、飲みたい！」

魚がいない桜庭さんの笑顔は、人だかりができるのも納得できるくらい眩しかった。

電車が来るまで、僕らはいろんな話をした。波田野君を屋上に置き去りにしたままだったとか、クラスの出し物1位もやっぱり3年生だったとか。あと、仮装大会の審査員特別賞を違うクラスが獲得したという話は、衝撃的だった。

喧嘩の仲直りをした直後で、これまで通りとまではいかないけれど、桜庭さんは元気いっぱいに話を続けてくれた。

度々、しっかりと合う桜庭さんとの視線。

「ねぇ、なんか橘君いつもと違う気がする……」

そう言いながら桜庭さんは、目が合う度に一瞬驚いたような顔で目を逸らし、また目を合わせた。

「うん……僕、魚が見えなくなったかもしれない」

目を大きく見開いた彼女は小さな声で「本当に？」と訊いてきた。

今この瞬間も、誰一人魚を連れていない。

「……こんなことで、嘘つかないよ」

なくなれば良いと思っていたんだから、飛び上がって喜ぶべきかもしれない。だけど、これまで当たり前にあった視力や聴力を失ってしまったような、大きな喪失感があった。僕自身も自分の心の反応に戸惑うくらいだった。

「でもこれで、僕も普通の人になれた」

桜庭さんは、どこか寂しそうな表情を浮かべた。慰《なぐさ》めの言葉なのか、何か言いたそうにしたのを、飲み込んでいる気がする。

彼女が乗る電車のアナウンスが流れる。

「じゃあ、そろそろ行くね。あ、そういえば……」

彼女は鞄からパスケースを取り出し、少し考えるような素振りをして言った。

「明日って、空いてる？」

＊

おかしな状況になったのは、夏休み初日のことだった。

僕は、話したことのない数名の女子に囲まれていた。授業でしか入らない美術室で、目を輝かせた女子たちは僕を見つめる。

「魚が見えるって、本当？　……かどうかは良いんだ別に。その魚、イマジネーションでもなんでもいいけど、どんな風に見えるの？」

魚が見えなくなった翌日に、見える前提で話をするのは複雑な気持ちになる。しかし、美術部員の彼女らの熱心なお願いで、僕はここに座っていた。

「普通の魚と大差ないよ。空中を泳いでいるイメージかな……」

僕が1つ質問に答える度に、美術室内は盛り上がっていた。日常的に見ていた景色や、エピソード、魚の種類などを答え終わると、彼女たちは頭を下げて感謝の言葉を述べた。

「うん！　これはいい絵が描けそう！」

「そうだね！　今回のテーマがファンタジーだったから、描く内容とか全く決まらなくて焦りすごかったよね」

「とりあえずこれで、構図考えて、下描きかなぁ」

美術室の壁には、部員が描いた絵が何枚も飾られている。その中に、数枚の写真が飾られていた。

中でも、透き通った水の中を泳ぐ地味な色の魚、近くには蓮が咲いている、そんな写真が目を引いた。

「この花と池の中の魚、どこで撮ったんですか？」

ふと、そんなことを訊くと、美術部員たちは一瞬固まった後に、大きな声で笑い出した。

「いやぁ、ほんとリアルだよね。写真と間違う気持ちわかるわ」

「これほど嬉しい言葉はないよね、さすが茜《あかね》先生の絵は格が違う」

はやし立てる部員の中に、照れくさそうにうつむく部員がいた。2年B組の岩崎《いわさき》さんだ。

おかっぱに切りそろえられた前髪を押さえる仕草が可愛らしかった。

「しかもこの魚、たったの1日で描いてるんだよ」

「他にも水とか蓮とか描いてるから、魚だけだったらって話だよ」

「いや、このリアルさを出すのに1日ってもうプロだよ、プロ超えてるよ」

「もう、褒め過ぎだよ。コンクールはダメだったし、まだまだだよ」

「いや、審査員の目がおかしい」

「ほんと、それ」

近くまで寄り、まじまじと見てみると、やっと絵だということがわかった。とてもリアルに描かれた魚は、さっきまで泳ぎ回っていたような生命力に溢《あふ》れている。

僕に見えていた魚たちは、水族館や海、魚屋さんなどに行っても、生きている魚に興味を示すことはない。

小学校の頃、図工の時間で描いた魚の絵に、クラスの人が連れている魚が興味を示していたのは印象深い出来事だった。実体があるものとないもの、そこの区別がもしかするとあるのかもしれないと思った。

今も魚が見えれば、この絵には興味を示しているのかもしれない。

「ありがとう、これで描き始められる気がする。……みんなはいろんなことを言うけど、私たちはそれぞれにファンタジーの世界があってもいいと思ってる。困ったことがあったら、助けるよ！」

時々、控えめでおとなしい人ほど、パワーがあると感じることがある。一瞬、うるっときたのを勘づかれないように、僕は美術室を後にした。

「え、ずっと待ってたの？」

美術室の前にいた桜庭さんに思わず、そう声をかけた。どことなく、ふくれっ面で一度だけ頷く。

「仲良さそう……」

明らかに拗ねていると気づいたけど、そのことには触れないようにした。

「ね、今日の用事もう終わりでしょ？」

「駅前のクレープなら食べないよ」

「まだ何も言ってないのに……」

「そもそも、今日呼ばれたのは僕だけだったのに、どうして桜庭さんまでついて来たの？」

「……まぁ、伝言を頼まれた身としては？　一緒に来ることも大切というか？　それも責任というか？」

言ってる意味はよくわからないけど、彼女の狙いがスイーツにあるのは見え見えだ。

「今日はこのまま帰る。明日は波田野君とも会う予定だし、その時に昨日約束したクリームソーダをおごるよ」

「え、帰るの？」

「帰っちゃだめなの？」

「……うん」

「でもクレープは……」

「わかってる。クレープは諦める」

「チーズケーキもパフェも嫌だよ」

「甘いものしか求めてないわけじゃないよ！　夏休みだし、ちょっと遊びに行かない？」

結局すぐには帰してもらえず、僕らはクレープ販売するキッチンカーの前を通り過ぎて街を歩いた。

今日は晴天。降り注ぐ直射日光を浴びると、久しく被っていない帽子が恋しくなる。駅前は下り坂だ。まっすぐ行けば運河に突き当たる。そしてその向こうには、海が広がっている。夏休みを楽しむ観光客も、ちらほら見受けられた。

景観を損なわないようにと、青色が抑えられたコンビニの前を通り過ぎた。廃線を通り過ぎて、運河に着く1本手前で右へ曲がった。その通りにはガラス細工やオルゴールなどのお店が連なっている。

桜庭さんの好きな晩ごはんの話を聞きながら、当てもなくぶらぶら歩いていると、どこからか風鈴の音色が響いた。

「あ、この辺りだ！」

桜庭さんは耳の後ろに手を当てて、音を拾おうとしていた。

「セーラー服の肩のヒラヒラって、立てると遠くの音が聞こえるんじゃなかった？」

「そうなの？　あ、本当だ！　すごい！」

襟を立てて、子供みたいにはしゃぐ彼女の笑顔が弾けた。

今日はやけに気温が上がっている気がする。僕は顔を手で扇いだ。

「この風鈴の音は、すぐそこからだよ」

郵便局前の広場では、風鈴がアーチ状に何十個もぶら下がり、その下をくぐれるトンネルができていた。

「すごーい！　行ってみよう！」

桜庭さんは僕の腕をひっぱり、風鈴の下を進んだ。

風が吹き、いくつもの風鈴が一斉に鳴り始めても、煩わしさは一切ない。暑さを和らげる、りんと澄んだ音が心地良い。

透明なガラスにカラフルな斑点模様。真っ白なすりガラスみたいな風鈴。スイカやクラゲの形のものもあった。

たった今見ている青空のような風鈴と、季節外れの桜色の風鈴では光の反射も異なる。夏の強い日差しが作るカラフルな光景は、一瞬一瞬でその色合いを変えていた。

「風鈴って、こんなに種類があるんだね！　橘君は地元だからいつでも見に来れていいなぁ」

「まぁ、見飽きちゃってるけどね。それに、あと1週間くらいしたら風鈴祭りもあるし」

「風鈴祭りかぁ……」

マスカットみたいな黄緑がまだらに散った風鈴を、桜庭さんは指先で揺らす。横顔はやわらかな笑みをたたえ、大きな目で風鈴を見つめていた。でも、その風鈴の音は、他の音色でかき消されて聞こえなかった。

桜庭さんはこちらに視線を向け、今度は逸らすことなく僕を見つめる。彼女の瞳はたくさんの光を映しこみ、それがつやつやと潤んでいるように見えた。

「祭りには行かない方がいいと思うよ。僕はもう魚が見えないけど、あのクジラは人の多い所にやってきては魚を食べてる。風鈴祭りに来るかもしれないし、危ないと思う」

彼女の目をまっすぐ見たまま、僕はゆっくりと話した。目を逸らせば、今自分の中にある曖昧《あいまい》な感情を読みとられてしまうかもしれない。上手く言葉にできない気持ちを、桜庭さんに勘づかれたくない。

明らかに残念そうな桜庭さんを横目に、僕は風鈴のトンネルを抜け出す。

「逆に……もうクジラも魚も見えないなら、いいと思うんだけど……」

「……桜庭さんの魚は絶対狙われるよ」

「どうして？　数が多いから？」

「それもあるけど……」

綺麗だから。桜庭さんの連れている魚たちは、周りの人の中でも群を抜いて鮮やかで綺麗だ。

でもそれを本人に言うのは、なぜか気が引けた。

「それもあるけど？」

「……美味しそうだから、桜庭さんの魚群って」

「美味しそう……？」

「そ、美味しそう。だから、やめといた方がいいよ。もうかまぼこ買って帰ろう」

僕らの会話に割って入る多彩な風鈴の音色から逃れるように、ゆっくり歩き出す。

綺麗なものを綺麗と伝えることに、初めて抵抗を感じた。どことなくむずがゆい肩の感覚に、僕は頭を掻いた。

気づけばどこへ行っても涼しい音は追いかけてくる。

街の外灯にぶら下がった淡いピンクの風鈴が、風に吹かれて楽しげに揺れていた。

*

波田野君と約束した水曜日がやってきた。桜庭さんと駅で待ち合わせ、それからあのカフェへ行く予定だった。

「あら、夏休みなのに、昨日も今日も出かけるなんて珍しいわね」

母の言葉に何も返さず、僕はいそいそと準備を進めた。

「あのね、物置にこれと同じくらいの大きさの植木鉢があるの。上の方にあって手が届かないから、それだけ持ってきてくれない？」

居間のテーブルには、新聞紙の上に割れた植木鉢が置かれていた。

「昨日、落としちゃって……」

「わかった」

勝手口にあったサンダルを履いて庭へ向かい、物置を開けた。少し埃っぽい、薄暗がりの中で、奥の方に植木鉢があるのを見つけた。

「物が多すぎだよ……」

植木鉢まで到達するのに、相当な量の物を避ける必要がある。昔遊んでいたテニスラケットやスキー用品、キャンプ道具、自転車の工具、園芸用品を運び出す。

庭の木が冬場折れないように補強する支柱を避けた時、袋に入った細長いものが倒れてきた。

「うわっ」

ぶつかってもそれほど痛くはなかった。中身は意外と軽いようだ。

「園芸用品かな」

袋の中を確認すると、出てきたのは釣り竿だった。目にした瞬間、ものすごく懐かしい気持ちになった。

「これ、何年前のだろう……」

僕の記憶が正しければ、最後に父と釣りに出かけたのは小学5年生の頃だったと思う。父は度々釣りに連れて行ってくれた。だけど僕が海に落ちてからは一度も行っていない。

それまで何度も釣りについて行っていたこともあって、子供の僕は魚を待つ時間が退屈だった。椅子の上でゲーム動画を見ていた時、父が会社からの電話でいったん車の方へ向かった。たぶん戻ってくるまで、5分もなかったと思う。まだ明るく、遠くの方には他の釣り人の姿も見えていた。

父がそばを離れると、動画を見る集中力がプツリと切れてしまった。目の前には穏やかな海があった。すぐ近くの岩場に足をかけ海面を覗くと、小さな魚が泳いでいるのが見えた。きらっと光った鱗と、海面の輝きに僕はうっすら感動していた。

もう少し、近くで見たい。

もう一歩岩場を進んだところで足が滑った。泳ぎは苦手ではなかったのに、落ちる時にぶつけた足の痛みで、上手く泳ぐことができなかった。

口いっぱいに海水が流れ込む。必死に腕をばたつかせたが、あっという間に海面を見上げる形になってしまった。

パニックで、息を止めるどころか、水の中で「父さん」と2回も叫んでいた。もうだめだと、苦しい中で目をぎゅっと閉じた。

水しぶきのような音がした後、強い力で腕を引っ張られ、僕はすぐに海面へ浮上した。

「大丈夫か！」

見たこともない剣幕の父が、大声を出して僕を抱えていた。返事などできない、激しく咳き込むだけだった。

その瞬間、父についてまわっていたイワシが1匹、海の中を泳いでいった。鱗を光らせ、その姿はすぐに見えなくなった。

泳ぎの得意な父は、上がりやすい岩場まで移動し、僕らはびしょびしょのまま車へ向かった。

ケガはなかったが、ものすごく叱られた。それからは、釣りに連れて行ってもらえなくなってしまった。

そして、父のもとから逃げた1匹のイワシが戻ってくることはなかった。

「あのイワシは、海に帰ったのかな……」

この現象は、実は父だけに起こったものではなかった。その後年に1回くらい家族で行っていたキャンプでも、川に入る子供や大人の魚が気づくと少なくなっていた。

「植木鉢とれそう?」

窓から心配そうにこちらを覗く母に、埃まみれの植木鉢を見せた。

「じゃ、そろそろ時間だし、いってきます」

埃で黒くなった手を払い、僕は約束しているカフェへ向かった。

＊

「魚が見えなくなった、って本当ですか……？」

波田野君は世界がもう終わると宣告されたような、絶望の表情を浮かべている。

僕は頼んだアイスティーを一口飲んで、1回だけ頷いた。彼の周りを泳いでいたナポレオンフィッシュもチョウチンアンコウも、当然見えなくなっていた。

「はぁ……。理由とか、思い当たる節はあるんですか？」

かなり大きな溜息をついた波田野君はそう言って、レモネードを口にした。

「うーん、よくわかんなくて……人生で初めて魚が泳いでいない世界を目の当たりにして、不思議な感覚なんだよね」

魚がいなくなり、マドンナ性に拍車がかかる桜庭さんは、ちまちまとクリームソーダを飲んでいた。彼女は髪を後ろにしばり上げポニーテールにして、魚の飾りが付いたヘアゴムをつけていた。

眠る前に、もしかしたら明日にはまた見えるようになっているかもなんて思ったが、僕の能力はちゃんとなくなったようだ。

もうこのまま一生、魚を見ずに過ごせるかもしれない。そう考えると、僕は怖くて訊けずにいた質問を、波田野君にしてみようと思った。

「ずっと気になっていたんだけど、波田野君から見て僕にはどんな魚が何匹泳いでるの？」

「確かに、私も橘君の魚が気になる！」

波田野君は僕らの周りを見渡すように視線を動かして考えていた。

「橘さんの魚は全部で12匹。カクレクマノミとイワシですね」

「橘君っぽいね」

先に反応した桜庭さんは、明らかに小ばかにしていた。

魚の大きさは、心の広さや器の大きさに関係しているわけではない。だけど、そんなに小さい魚ばかりだと思わなかった。ちょっとだけショックだ。

あと、父と同じ魚がいることは驚きだった。あまり話さないけど、影響を受けていてもおかしくない。正直、嬉しくはなかった。

「そうなんだ、まだ12匹いるなら結構いい方だね」

自分の魚の数がわかり、その点ではホッとしていた。

「昨日は、晩ごはんにイワシの梅煮が出てきたから、橘さんのことを思い出しましたよ」

「あはは、気持ちわかる」

僕が笑うと、波田野君も微笑んだ。

「ねぇ、私の魚は？　橘君、結局何の魚か教えてくれなかったよね」

ふくれっ面の桜庭さんに、僕はごめんと平謝りした。

「桜庭さんの魚は全部で10匹。タイとアナゴです」

「え？　本当に？」

「……確かに美味しそうかも」

桜庭さんが反応するよりも先に、僕はテーブルに身を乗り出して波田野君に訊き返した。

「あ、はい……」

見えていた魚は数えきれるようなものではなかった。もっと色もカラフルで、手のひらより小さく、可愛い魚がほとんどだった。

それは入学してからずっと変わらずに、桜庭さんの周りを泳いでいた。

「人によって、見える魚が違うのかもしれないですね」

波田野君は驚いている僕に、冷静にそう言った。確かに、自分が見えているものが他の人にも共通して見えるとは限らない。

魚が見える人間の間で見えている魚の種類や数が違うのか？　そうなると僕から見て0匹に見えても、他の人から見ればまだ魚がいるというパターンもありうる。

今まで、どこか魚を頼りにその人を判別していた僕は、人との関わり方がまた迷宮入りしそうになっていた。

「波田野君って、何か部活とかやってるの？」

僕の苦悩などつゆ知らず、桜庭さんは全く別の話題を切り出した。

「パソコン部に入部してます」

「何をする部活？」

「うーん、まぁパソコンの使い方とか、ソフトの使い方とかを一通りやってますね。あとはゲーム作ったりもしてます」

すごいを連呼し、はしゃぐ桜庭さんに波田野君は満更でもなさそうだった。

「最近だと、プロジェクションマッピングをやりました。２週間前にあったうちの学祭で、春夏秋冬をテーマにお披露目したんです」

「春夏秋冬？」

「１本の木にフォーカスして、春なら桜を、夏なら青葉を、秋なら紅葉を、冬は雪がしんしんと降る感じに仕上げました」

目を輝かせる桜庭さんを前に、彼は得意気だった。実際の様子を撮った動画を見せてくれた。

どこにでもある体育館が、一気に幻想的な空間に変わり、揺れ動く光が蛍《ほたる》のようにも見えた。一緒にかかっていた音楽も、リズムがゆっくりで他にはない世界観を作り上げている。

「秀逸だね」

思わず僕がそう口にすると、彼は耳を赤くして照れていた。

「まぁ、完成にはかなり時間かかりましたけどね。友達とか先生からの評判も良くて、来年からも学祭では恒例になりそうです」

「いいなぁ、見に行きたい」

「うちは一般公開してないので、入れないんです……」

桜庭さんは残念そうに肩を落としていた。

魚が見えなくなった僕に、波田野君からの質問攻めが今日はなく、ただ最近のニュースや夏休みの思い出話をした。

2時間ほど経つと、また今度会う約束をして今日は解散となった。謎に恒例になりつつある集まりも、自分の中では意外と悪くないかもと思い始めていた。

駅に着くと、桜庭さんは、またねと笑顔で手を振る。5番線へ向かう後姿を見届けて、僕は1番線へ移動し、ベンチに腰を下ろした。

2人と楽しく話していた時間は、あっという間だった。ちょっと前までは1日誰とも話さない日ばかりだったし、それが僕の日常だった。

でも、彼らは魚が見えることを知った上で、僕と関わってくれた。もしかして、友達と呼べる存在なのかな。いや、我ながら浮かれてるなんて恥ずかしいな。

自然と上がってしまう口角をなんとか押さえる。誰かにこのにやけ顔を見られていないか、ちょっと心配になってホームを見回した。

多くの人が行き交う駅でも、やっぱり魚1匹見当たらない。これが普通の人が見ている景色なんだと、改めて思う。

慣れない普通。でも、やっと叶った普通。休み明けに学校で、魚が見えるなんてのは嘘だったと覚悟を決めて口にすれば、僕も一般人の仲間入りだ。

小学校からずっと苦しんできた他人との違い。やっと手放すことができる。それなのになぜかまだ、ぼんやりと不安のような、後悔のような戸惑いが残っていた。

「カクレクマノミとイワシか……」

自分の周りを泳いでいる姿を想像してみる。どちらも小さくて、逃げたり隠れたりするのが上手いイメージだ。イワシが群れをつくるのは1匹で逃げるよりも大きな群れでいた方が、敵に襲われにくいから。

普通の人に溶け込んでやり過ごそうと思う僕らしい性格だと言えば、僕らしい気もする。

それに、まだ魚が12匹いる。犯罪に手を染めようと思ってはいないが、実際に魚がしっかりいるとわかると安心感がある。

穏やかな気持ちで座っていると、僕の前に、誰かが立ち止まった。

顔を上げると、男の人がじっとこっちを見ていた。瞬きもせず、焦点の乱れた瞳が僕を見下ろしている。蛇に睨まれたカエルのように、僕はその場から動くどころか、目を離すこともできなかった。

「クジラだぁ。君も魚が見えるんだねぇ。でも、君のクジラはすっごくやせ細ってるねぇ」

想像より高い男の声に、背中が冷たくなる感じがした。僕を見ている間も、しゃべっている間も、男は一定の笑みをたたえたまま表情を崩さなかった。

僕のクジラ？　何のことだ？　何を言っているんだ？　魚が見える能力のことも

知っているのか？

　突然放った言葉も意味不明で、なにより健全な精神状態には見えない。怖くて下を向くと、男の真っ赤なスニーカーが目に入った。

「あ……」

　学園祭で追いつけなかった背中。クジラの住処だと僕はすぐに悟った。能力を失った僕の視界に、真っ黒なザトウクジラの姿はなかった。

「さっき一緒にいた女の子の魚、すっごく多いよねぇ。……あふふ、食べちゃえばいいのにぃ」

　男の一言一句が衝撃だった。クジラが勝手に暴走しているのかと思っていたけど、この男も魚が見えている。それどころか、自分の連れているクジラが、他人の魚を食い荒らしていることもわかってる。

　奥の乗り場には、まだ桜庭さんがいる。僕は迷わず、震える手で電話をかけた。

「え？　橘君？　どうしたの？」

「そっちの電車、何時？」

「まだ10分くらいは来ないかなぁ……」

会話を遮るように駅にはアナウンスが流れる。アナウンスは桜庭さんの向かいホームに電車が来ることを繰り返し告げていた。聞き終わる前に、僕は続けた。

「今入ってくる、向かいの電車に乗って」

「えー？　なんで？」

「いいから……」

「え？　なに？　よく聞こえない」

近づく電車の音で、僕の声も聞こえづらくなる。にやにやと不敵に笑う男は、僕から向かいのホームにいる桜庭さんのいる方へと視線を移す。

ゆっくりと振り向く姿が、桜庭さんの魚を楽しみにしているような気がした。

「いいから！　早く乗って逃げて！」

魚が見えない僕には、今クジラがどこにいて、何をしているのかもわからない。もしかしたら奥の乗り場なんてすぐに移動して、すでに桜庭さんの魚を食べた後かもしれない。

電話口で、驚いたように黙った桜庭さんは、そのまま電話を切ってしまった。すぐに僕の携帯には、「とりあえず、乗ったよ」とメッセージが通知された。

「あーん、もうちょっとだったのになぁ。君、賢いねぇ」

真夏なのに、異常なほど寒気を感じる。携帯を持つ指先も、膝からふくらはぎにかけても、小刻みな震えが止まらない。

白髪交じりで不健康そうな肌の色。疲れ切っているのに笑っている不気味な目元。目の下のクマは一体何日眠っていないのだろう。

妙に語尾を伸ばす独特のしゃべり方も、どこか普通じゃない。

「そんなに怖い顔、しないでよぉ。見てたでしょぉ？　食べ損ねたところ」

僕が黙ったままでいると、男性は急に笑うのをやめた。

「え？　もしかして、見えないの？」

なおも何も言わないでいる僕を見て、今度は急に大声で笑い出す。

「あひひひひ、見えなくなってる！　うっそ、本当？」

駅にいる他の人の視線など気にもしていない。手を叩いて右に左に揺れている。そしてまた、突然笑顔をやめ、僕の顔を覗き込んだ。

「じゃあ俺、いつでもあの子の魚食えるね」

顔がこんなにも近いのに、目が合わない。男の目線は宙を見つめ、忙しなく動いている。他の人からは感じたことのない違和感も、冷静を保とうと必死な僕の心に揺さぶりをかける。

「でも、俺のクジラはこんなに強くて大きくてかっこいいのにぃ、君のクジラは小魚かってくらい小さくて弱い。アリと象くらい違う。そんなやつ相手に、意地悪するのは大人げないかぁ。……いいこと教えてやろうか？」

再びニヤニヤと笑い、男は僕を上から下まで眺める。

「あのなぁ、魚がもう一度見えるようになる方法があるんだよん」

男は眉を上げたり下げたり、目をきょろきょろ動かす。そして、次は妙に真剣な顔つきで、僕の周りを凝視した。

「うん、2人だなぁ……嘘つきが2人いると思うよぉ。その嘘が暴かれれば、魚はきっとまた、見えるようになるのさ」

男はひらひらと手を振った。指先や手のひらにはインクのような青い汚れが見える。

「それじゃあ、バイバーイ。次は逃がさないからねぇ」

歩き去る男と最後に合った視線が、これはただの脅しではないと言っている。

男の姿が見えなくなってから、僕はようやく自分の呼吸を取り戻した。むわっとした風が、頬に当たる。

あんな男の話を真に受けるのは、考えが浅いかもしれない。……だけど、僕には1人の嘘つきに心当たりがあった。

ずっと考えながら電車を待っている間に、隣の駅で降りた桜庭さんから電話が来た。

「もしもし？　ねぇ……今、どういう状況なの？」

クジラの住処である人間が現れ、桜庭さんの魚を狙っていたことを話した。男の特徴と、赤いスニーカーを履いている人物がいたらすぐに逃げるようにとも伝えた。

「その人、何か言ってた？」

嘘つきが、僕が思い浮かべている人の他にもう1人いる。

ただ、これだけ純粋な桜庭さんが、僕に器用に嘘をつけるとは思えない。この話の流れを、彼女に教える必要はないと思った。

「……いや、特に何も」

「そうなんだ……なんか怖いなぁ」

「夏休みは必要以上に外に出ないで、この駅周辺や人の多いイベントには、やっぱり行かない方がいいかもね」

「そっかぁ……せっかくの夏休みなのに。なんかもったいないないなぁ」

確かに、せっかくの夏休みにイベントをすべて我慢して、家に閉じこもるのはもったいないのかもしれない。

「明日、僕は図書館で宿題やろうと思ってたよ」

全く予定にないことを口にした自分に驚いた。少し間が空いて、私も行きたいと予想通りの返答があった。

「じゃあ、また明日」

ついさっき、背筋が凍るようなやり取りがあったのに、ほんの少しだけ浮ついている自分がいた。

久しぶりの図書館だし、魚の図鑑も新しい本がきっとあるだろう。桜庭さんの魚が載っていたら、それも説明してあげよう。

まだ恐怖に反応する心臓が、体の芯《しん》からジンジンと僕を温めていた。

＊

夏休み3日目の木曜日。昼を過ぎても僕はまだ布団の中にいた。昨日の男の言葉がずっと頭から離れない。

もし、男の言っていたことが本当なら、2人の嘘を暴けば魚が見えるようになるはずだ。でもそれと引き換えに、何か失うものが出てくる可能性もある。朝から何度も同じことを考えては溜息をつく。その繰り返しだった。

「あら、また今日も出かけるの？」

僕がパジャマから洋服に着替えたのを見た母が話しかけてきた。まぁねと適当に返して鞄を背負う。

「え？　海人、ご飯は？」

「おなかすいてない。外で適当に食べるから大丈夫」

すぐに家を出た。男の言葉が頭の中をよぎると、母の顔を見ているのが辛くなる。どこまでを信じるべきか。あんな不気味な男が言うことだ、真に受けるのもおかしい。

でも、間違いなく1人は父のことだ。

僕の中に湧く、嫌悪と疑念。もう1人の嘘つきが母ではないと思いたい。でも、そうでなければ別の人間ということになる。

波田野君？　だけど、僕らはまだ数回しか会っていない。最初は能力について半信半疑だった。だけど、彼の経験談は僕も強く共感できる。度々泳ぐような彼の視線は、見えている人特有のものだ。それに、アプリの時点で嘘をついて僕に会う理由がない。

見当がつかないもう1人の嘘つき。魚をもう一度見えるようにするためには、何かを失うかもしれない。同じ問答がずっと僕の頭を埋め尽くしていた。

図書館の最寄り駅で、僕は昨日ぶりに桜庭さんに会った。

今日も魚のヘアゴムをつけて、桜庭さんは笑顔を輝かせていた。何人もの通行人が彼女を目で追う。

また魚が見えるようになったら、桜庭さんの表情は見えなくなる。僕はなんとなく、彼女の顔を見つめていた。

「ねぇ、なぁに？」

「いや、なんでもないよ」

ひんやりとした図書館に入る。持ってきた宿題を自習室で広げた。

「うーん。数学からやろうかなぁ」

「そうだね、英語の次に量が多いし、早めに手をつけたほうがいい気がする」

僕らは数学の宿題を手に取り、問題を解き始める。1時間もしないうちに、桜庭さんは飽きてきたのか、何回も自習室から抜け出していた。

僕が自動販売機に行く途中、お菓子のレシピ本コーナーでサボっている彼女を見つけた。

「桜庭さん、宿題は放置ですか」

「わぁっ、いや、これは……その……休憩しながらじゃないと続かないから、さ」

ふーんと言いながら詰め寄る僕も、魚の図鑑を見ることが目的の1つだった。

しどろもどろな彼女の後ろには、大きなポスターが貼ってある。

「あぁ、鱗郷祭《りんきょうさい》のポスターか。……聞いたことはあるけど、ちっちゃい時以来、行ってないな」

「そうなの？　出店もいろいろあるし、ステージみたいなのがあって、そこでやる出し物も面白かったよ！」

「詳しいね」

「うん、去年家族と行ったの。太鼓とかドローンショーとか見ごたえあるものも多くて。あと、最後にやる花火が目玉かなぁ」

ポスター自体も背景が花火のデザインとなっていた。来月の第3土曜日、夏休みが終わるギリギリの日程だった。

「もし、予定なかったら、一緒に行く？」

ポスターを見ていた僕の横で、ふいに桜庭さんが声をかける。唐突な誘いに一瞬だけ、ドキッとした。こんな風に躊躇なく、距離を縮めてくるから誤解されるんじゃないだろうか。

「だから、人ごみは危ないからやめた方がいいって、昨日話したばっかりでしょ」

僕の返答に、口を尖らせて小さく「そっかぁ」と呟いた。

結局、宿題も最初の3ページほどしか進まないまま夕方になっていた。僕も途中から、最新のフルカラー魚図鑑に夢中になってしまった。小さな声で、この魚がクラスメイトの誰それについていたなんて話をしていたら、宿題に戻れなくなっていた。

また予定が合ったら一緒に宿題しようと言う桜庭さんとは別の電車に乗り、僕も自宅へ戻った。

現実逃避にも近い、楽しい時間はあっという間だった。

帰ったら、父と母がいる。僕は今も離れない男の言葉を、歩きながら考えていた。

父の嘘を暴いたら、僕たち家族はどうなるだろう。当たり前にある日常が壊れるリスクにさらされると、途端に尊く思えてくる。

自宅のドアを開け、笑顔で出迎えてくる母の顔。いつもは母の表情なんて気にもしないのに。

やっぱり、能力は無理に取り戻さなくてもいいのかもしれない。僕の意志は、振り子のようにふらふらと行ったり来たりしていた。

＊

宿題が進まないまま、夏休みに入って1週間が経った。今日も外から暑い風が、僕の部屋に入ってくる。宿題に身が入らないまま暑さにだれていると、ドアをノックする音が部屋に響いた。ドアを開けたのは母だった。

「海人、あさって、登校だって」

「え？」

「なんかね、夏休み中に補導されたり、迷惑行為をしている生徒が多いんだって。海人の学校でも何人かいるみたい。だから、学校で集会するって連絡がきたのよ」

僕の高校は不良が集まるような学校ではない。普段からも、集会が開かれるほどの問題は聞いたことがなかった。

「最近ね、テレビでも若い子が起こした事件のニュースが増えてるのよ。海人は大丈夫だと思うけど、学校行く時とか外出の時は気をつけてね」

「……うん、わかった」

心配そうな母が部屋から出ていくのを見届けて、机に向き直る。異例の集会、テレビのニュース、関わっている人の年齢。僕の脳内では学園祭でクジラが大量の魚を食べているシーンが思い返された。

「可能性はあるな」

魚が0匹になってしまった人なら、何かしら問題を起こす。あんな大きな口で魚を捕らえてひと呑みにしているのだから、何人かは魚を全部失っていてもおかしくない。このまま、あのクジラを放置していたら、事態は悪化していく一方だ。

今も、知らないところで誰かの魚を食べ続けているだろう。奇妙な笑みと生気の抜けた顔を繰り返すあの男は、一体何者なのか。そもそも、なぜあの日は駅にいたのだろう。

僕は1週間前の日付と、祭りというキーワードを入れて検索をかけてみた。

「神社祭りがあったのか……」

高校のすぐそばにある神社で、お祭りが開催されていたらしい。ここでまた魚を食べて、その帰りだったのだろうか。

「コンサート、学園祭、神社祭り……人が集まるところには基本的に出没してるな。人が集まるところ……か」

この辺りで一番大きなお祭りは鱗郷祭だ。あの男は必ず来るだろう。でも、魚が見えなくなった僕では、きっと彼を見つけることさえできない。

それに、見つけたところで何を言えば、何をしたらいいんだろう。駅で動けなかった時のように、周りにいる人の魚が食べられているのを想像するだけ？

「はぁ……。本当、溜息しかでない」

波田野君なら、今の状況に対抗できるかもしれない。でも、もう能力を失って何の役にも立たない僕が、クジラを止めようなんて言っていいのかな。会場へ行けば、波田野君の魚だって食べられてしまうリスクがある。

見えなくなったことを後悔する日が来るとは夢にも思わなかった。なくなればいいと心から願った能力が、やっと誰かのためになりそうなのに。どんな状況にあっても、あの能力は僕の思い通りにならない。隣を歩く桜庭さんの魚すら、今の僕には守る術がない。

「あの能力を取り戻すためには……」

浮かんでは消える親の顔。真っさらな宿題のプリントが、夏の日差しに照らされていた。

＊

緊急集会の日、僕らは制服を着て体育館に集まっていた。蒸し暑い体育館で、校長先生はありがたい話を始めた。いつもながらの長話で、前に並ぶ生徒の頭が退屈そうに揺れる。

「なぁ、聞いたか？　B組の藤枝《ふじえだ》が万引きで捕まったらしいぜ」

「本当？　藤枝君ってそんな人だったんだ……」

こそこそとクラスメイトが話しているのが斜め後ろから聞こえた。

藤枝君はよく知らないが、良くも悪くも噂を聞かないということは、目立つ存在ではないということだ。

他にも無免許でバイクを運転したとか、カツアゲしたとか、飲酒したとか。ひどいものだと放火まで、この学校の生徒がやったらしい。緊急集会が開かれる事態にも納得がいく。

場所を教室へ移し、今度は担任の先生が話を続ける。

「……今後、このような問題が長引くようであれば、夏休みを早めに終えることになる。夏休みを楽しむことは大切だけど、迷惑になることや誰かを傷つけることはしないと約束してほしい。他の学校でも集会を開いているようなので、自分の身の安全にも注意を払うようにしてください」

いつも以上に真剣な顔をした先生の言葉。ホームルームが終わると、続々と生徒は教室を出ていった。不測の事態に、僕のことを魚が見えるという話でいじってくる人は誰もいなかった。

短期間で起こりすぎている事件に、みんな不安が募っている。僕はそんな最悪の状況に救われていた。

「ねぇ、一緒に帰ろう」

「うん」

もう桜庭さんとの下校に抵抗はなくなっていた。むしろ、桜庭さんの魚群がいつ食べられてしまうかわからない。ただ、それが怖かった。

「波田野君の学校も今日、緊急集会だったみたいだよ」

「そうなんだ……」

「……なんか、元気なくない？　どうしたの？」

桜庭さんは、心配そうに僕の顔を覗き込んだ。

はぐらかしても、どうせ訊き出すまで帰してもらえない。僕は、クジラの暴走を止める必要があるという現時点での考えを伝えた。加えて、魚が見えなくなってしまった今、僕にはどうすることもできないという思いも、つい話していた。

「それなら、波田野君に手伝ってもらおうよ！」

「うーん。だけど、波田野君も危険にさらされるし、僕は能力を失って何の役にも立たないから……」

「じゃあ、元から能力のない私も役に立たないってこと？」

桜庭さんの方を見ると、ちょっと怒っているように見えた。

「いや、そんなこと思ってないよ」

「私は役に立てるように頑張るつもりだよ！　橘君、いつでも今できることをやるべきだよ。じゃないと世界平和なんて叶わないからね！」

桜庭さんは、無邪気な顔で世界平和について語ったあと、すぐに波田野君に連絡をした。

僕が考えすぎてできずにいることを、桜庭さんはすぐに実行してくれる。魚が見える能力なんかより、桜庭さんの行動力の方が、世界平和に貢献できるだろうなと思う。

急な連絡にもかかわらず、波田野君はいつものカフェで集合することを承諾してくれた。

「僕の学校でも、パパ活したとか、万引きしたとか、いろいろあったみたいです」

波田野君の学校でも、似たような事件が相次いでいた。不安からかあまり元気のない彼を前に、僕は身を乗り出して言った。

「波田野君、僕は今回の事件の多さと年齢層を見て、その原因がクジラにあると思ってる」

一瞬、ぽかんとした彼も、急に真面目な顔になった。

「それって、どういう？」

「僕らの学園祭に来た時に、大きなクジラを見なかった？」

「……あぁ、うん。気分が悪かったから、あまり覚えていないけど結構な大きさだったよね」

やはり、彼にもクジラが見えている。彼と協力すれば、この事態をどうにかできるかもしれない。

「あのクジラは、人の多いイベントに現れては魚を食い散らかしているんだ。それによって、魚が0匹になった人たちが今回事件を起こしているんじゃないかと思う」

「なるほど……確かに、問題になった生徒が職員室から出てくるのを見たけど、魚は泳いでいなかったな」

やっぱりそうか。僕の中で仮説は確信に変わっていった。

「だとすると、あのクジラをどうにかしないと事態は終息しないどころか、悪化していくと思う。僕らでクジラを止めないといけないと思うんだ」

「止めるって……どうやって……？」

沈黙が流れる。

クジラを見つけたところで、魚を食べるのをやめさせる具体的な方法は思いつかない。住処である人間が操っているのであれば、あの人を捕まえて……それから、どうしたらいいのだろう。

「ねぇ、魚ってどういう時に減るの？」

重たい沈黙を破ったのは桜庭さんだった。

「魚は、その住処である人間の心が濁ると減る。あと、水辺にいる時も、どういう条件でそうなるのかわからないけど、いなくなるよ」

「それって水の中に逃げてくってこと？」

「うん。水の中を泳いでそのままいなくなるのを何度も見たことがある」

「じゃあ、クジラも水辺に誘導できれば……？」

波田野君は素早くペンを走らせて、目を輝かせた。僕もしっかりと頷く。

「かけてみる価値はあるかもしれない。だけど、どうやって水辺まで誘導しよう？」

海はそこら辺にあるけど、クジラを連れていくのは難しい。ここで話し合いはストップしてしまった。みんな思案しているような顔をしている。僕は意味もなくアイスティーの氷をストローで混ぜ続けた。

「ねぇ、鱗郷祭は？」

「来月だね……確かにあのお祭りはかなりの人が集まるし、男とクジラは来ると思う」

「去年行ったときに、海に花火が反射してて綺麗だったの覚えてる。ステージの裏側って、港じゃなかった？」

波田野君は携帯で地図アプリを起動させた。開催予定地のすぐ裏には海が広がっている。僕らは目を合わせ、各々の考えが同じであることを感じ取っていた。

桜庭さんのおかげで突破の糸口が見えてきた。終始探偵のように眉間にしわを寄せて真剣に考えてくれているだけはある。

「たぶん、かなり大きいクジラだから、お祭り会場に来ればどこにいるかは見つけやすいと思う。問題は、それをどうやって海まで誘導するか……」

「私は？」

桜庭さんはいとも簡単そうに答えた。僕が桜庭さんの方を向くと、彼女はにっこり首を傾げてみせる。花のように穏やかな表情は、そのリスクを到底理解していないように見えた。

「絶対だめだよ」

僕も即答した。僕にとってはありえない選択肢だった。

「なんで？　私の魚も狙っているんでしょ？　私が誘導した方が、成功しやすいよ」

「だめ。危険すぎる。祭りの会場は学園祭以上に混むよね。僕らは簡単に移動できないのに、クジラはスイスイと移動してくるんだよ？　1歩間違えれば魚は全滅する。全く現実的じゃない」

全否定した僕に、桜庭さんはあまり納得していなさそうだったが、それ以上意見してこなかった。

　あんなに綺麗な魚群がひと呑みにされてしまうリスクがあると考えれば、僕の判断は間違っていない。

「じゃあどうやって誘導しようか……本物の魚じゃだめなの？」

「本物の魚に興味を示してるのは見たことがない……でも、実体のないもの……例えば、絵には興味を示すよ」

　波田野君も、大きく頷いていた。

「絵かぁ……美術部の子に頼んでみる？」

「来月の祭りまでに何匹もって間に合わないと思うし、どこに掲示するの？　クジラに気付いてもらえないと意味ないよ」

「複製……プロジェクションマッピングだったら、複製したり、魚が泳いでいるように見せたりすることできますよ。実際、子供が描いた絵を映し込むこともあるので……」

「それだ！」

僕と桜庭さんの声が重なる。

「ステージ、まだ空きあるかなぁ？　私、連絡してみる！」

「待って、美術部の人に絵を描いてもらえるか先に聞いてみないと……」

「僕の学校の方でも、絵が上手い人に何匹か描いてもらえないか聞いてみます！」

一気に固まった計画を、僕らはノートを取り出して整理した。

「まずは、ステージの空きを確認。美術部に協力してもらって、波田野君はプロジェクションマッピングを使用していいか学校に許可を取る。クリアできれば、ステージの予約を取って、当日は波田野君と一緒にクジラを探す。ステージまでひきつけて、魚群を狙って泳ぎ進めば、ステージを通り抜けて裏の海まできっと進むはず。そこで、海に入れば計画は成功……だね」

「うん、絶対海に帰るって保証はないみたいだけど、それでもやってみよう！」

桜庭さんはやる気満々で、瞳は希望に溢れている。僕らはすぐに解散し、それぞれ計画を遂行するために走った。

僕と桜庭さんは急いで学校へ戻り、美術室のドアを叩く。

「はーい。え？　橘君と桜庭さん？　どうしたの？」

出てきたのは岩崎さんだった。

「部活動中すみません、美術部に頼みがあります」

＊

「じゃあ、そろそろ帰ろうか」

無事、美術部員に承諾をもらった僕らは、美術室を後にした。夕暮れ時の校内はオレンジ色に染まり、外へ出れば空は青紫色だった。

「わぁ、もうこんな時間かぁ」

桜庭さんは空を仰ぎ見て、大きく息を吸っている。その仕草はまるでドラマのワンシーンのようだった。

「あの短時間で、橘君の魚のイメージを反映できるんだから、美術部って本当すごい！」

岩崎さんをはじめ、他の部員も僕のイメージ通りにいろいろな魚を描いてくれた。実際人目を引くという意味では桜庭さんが連れている魚のようにカラフルな方が目立つ。

これからしっかり線を入れて、色をつけていく作業が始まる。そのでき上がりが楽しみだった。

「クジラ、ちゃんと海に帰るといいなぁ」

何も言わない僕を気にしているのか、桜庭さんは一方的に話していた。

今も誰かの魚が犠牲になっていると思うと、胸が痛む。早く止めないと、それこそ緊急集会なんかでは済まない事件に発展するかもしれない。

来月のお祭りまで、何事もなく過ぎてくれるだろうか。桜庭さんの魚も無事なまま、その日を迎えられるだろうか。

「じゃあ、私あっちだから」

いつも通り笑顔で手を振り、階段を上がっていくうしろ姿を見届けた。

ホームで電車を待つ間に携帯の着信があった。通知されたメッセージを確認すると桜庭さんからだった。今日が楽しかったという感想と、絶対に成功させようねと彼女らしい言葉が添えられていた。

読み終えて、思わず笑みがこぼれる。少し遠くに見える背中を、僕はただ見つめていた。

「あれ？」

桜庭さんと同じホームに、車両1両分くらいの間隔をあけて男が立っていた。

赤いスニーカー？　立ち上がり、目を凝らす。

ニヤニヤと不気味な横顔。あの男だ。喉がきゅっと締まるような感覚に襲われる。

状況を理解すると同時に、もう間に合わない……瞬間的にそう感じた。

今まで青紫色の空しかなかった空間に、薄く薄く線を引いたような輪郭が見えた。

瞬く間に線は濃くなり、墨汁をこぼしたような真っ黒で巨大なクジラの姿が、ホームに現れ出た。

桜庭さんの魚群も姿を現し、魚たちは逃げまどうように彼女の周りを泳いでいる。

クジラは、すでに口を大きく開けていた。

「待って……やめろ」

僕が力ない声で言い終わる頃には、桜庭さんのうしろ姿はクジラの大きな体で見えなくなった。悠々と泳ぎ去ろうとするクジラ。すぐそばにいる男はこっちを向いた。僕と目が合うと、気持ち悪い微笑を浮かべ口を開く。ごちそうさま、とわかりやすく動かした。

通り過ぎたクジラの後には、魚が1匹もいない桜庭さんがぽつんと残っていた。

「うわあああああああ！」

勢いよく起き上がり、汗でびっしょりになった額に手を当てる。

目に映り込んだのは僕の部屋の布団だった。全力で走った後みたいな息切れと、上手く力が入らない両手。夢だと理解するまで、心臓が痛いくらい激しい鼓動を打っていた。

「夢……夢だ……良かった……夢だ……」

ホームで別れたあと、桜庭さんが先に電車に乗って帰ったのを僕は見届けている。

恐怖に支配された自分の両手を祈るように組み合わせ、わき上がったまま止まらない不安をどうにか抑え込もうとした。

正夢になったらと思うと、体の震えも鳥肌も収まる気配がなかった。魚をすべて食べられたら、桜庭さんは桜庭さんではなくなってしまう。

あんなに綺麗で純粋な子が、あっけなく犠牲になる。それなのに、今の僕にはどうすることもできない。

魚が見えていた時に感じていた不安と、魚が見えないから感じる恐怖が僕の心の中で混ざり合っていた。何が怖いのか、どうして焦りがあるのか、それすら見失いそうだった。

結局、桜庭さんの魚が犠牲になるのが耐えられない。それが一番怖いのだと何度も同じような結論にたどり着いた。

魚さえ見えるようになれば……桜庭さんを守ることもできるのに。

「……嘘を、暴いたら……」

今の自分にやれることはこれしかない。父や母を思って躊躇していた気持ちと、桜庭さんの魚を守りたいと思う気持ち。この二つが千重波《ちえなみ》のように押し寄せる。それでも、手遅れになる前に、僕にやれることはやらないといけない。

時計を見ると、すでに0時を過ぎていた。居間へ向かい、電気をつける。

冷蔵庫を開けて、麦茶を取り出した。注いだ麦茶を一気に飲み干し、食卓に腰かける。額の汗は、まだひかない。

「あら、こんな時間に起きてきて、どうしたの？」

僕の物音で目覚めた母が、居間に出てきた。パジャマに身を包み、少し眠たそうに目をこすっていた。

「あ、ちょっと、変な夢見ちゃって」

「なぁにぃ？　海人ったら怖い夢見て眠れなくなったの？」

母はいたずらっぽく笑っていた。なんてことのないこんなやり取りも、僕の言葉でなくなってしまうかもしれない。抑えきれない迷いが何度も顔を出した。

それでも、桜庭さんの魚を守りたい……僕の想いは自分が思う以上に強くなっていた。魚を守るべきだという使命感と、家族への想いは、絶え間なくぶつかり合っている。

このまま何もしなければ、後で絶対に後悔すると思った。心を決めて、母にも麦茶を注ぎ、食卓の椅子に座るようにうながした。

「あのさ、父さんのことなんだけど……」

「うん？　父さんがどうかしたの？」

母は麦茶に口をつける。

「あの……」

なかなか話を切り出さない僕に、母は不思議そうな顔をしていたが、黙って次の言葉を待ってくれた。

「実は2年くらい前のことなんだけど……父さんが……女の人と一緒にいるのを見たんだ」

やっとのことで言い終えたが、僕は母からの反応が情けないくらいに怖くて、顔が全く見られなかった。

黙りこくったまま何の物音もしない食卓。麦茶のコップから滴《したた》る水滴のように、僕もまとわりつくような汗をかいていた。

「……あらぁ、あの人も本当に下手ねぇ。まさか海人にまでバレてるとは……」

「え？」

「2年前でしょ？　結局はやり直すってことになったから、海人には言わなかったけど、確かにお父さん浮気したのよ。本当、ありえないわよね。でも、海人がそのことで悩んでたなら、黙っていてごめんね」

「母さん、知ってたの？」

「知ってるわよ。知人に目撃されたみたいで、私の方まで話が回って来たの。それで問い詰めたら白状したってわけ！　信じられないって大喧嘩して、離婚するって言ったんだけど、父さんがどうしても許してほしいって泣いて謝ってきたの。海人もいるし、やり直してあげたのよ？　たっかーい高級ブランドバッグを買わせてね」

ウインクまでする母を見て、僕はすーっと肩の力が抜けてしまった。自分自身の心のわだかまりが、ろうそくのように溶けていく感覚があった。

父の秘密を言わないでいるのは、母のことを一緒に騙しているようで、後ろめたかった。この秘密を母も知っていたことには驚いたけど、僕の心は本当に楽になっていた。

「ところで、海人が一緒に歩いている女の子は、彼女？」

思わず麦茶で咽《むせ》る僕を見て、母はニヤニヤとしている。

僕の隣を歩いている女子なんて桜庭さん以外にいない。このところ一緒に帰っているのだから、誰かしらに目撃されていても不思議ではなかった。

「違うよ、ただのクラスメイト」

「本当に？　すっごく美人らしいじゃない、気になってるんじゃないの？」

「いやいや、逆にすっごく美人だから僕が相手にされるわけないでしょ」

冷やかすようにこちらの様子を窺う母は、ちょっと鬱陶《うっとう》しかった。麦茶を飲み終えると、僕は早々にシンクにコップを置いて、おやすみと声をかけた。

何年ぶりに言っただろうか、母は驚き過ぎて目を丸くしていた。「おやすみ」と返ってきた声は、とても優しかった。

僕の中で抱えていたものを解消したことで、体はどこかふわふわとしていた。実は普通に家族として過ごせていたのだと思うと、逆に目が冴《さ》えて眠れなくなってしまった。

――嘘つきが2人いると思うよぉ。その嘘が暴かれれば、魚はきっとまた、見えるようになるのさ――

これで1つ嘘を暴いたことになるだろうか。

あと1つ、ここまで来たからには魚が見える能力を取り戻すまでだ。いつの間にか前とは真逆のことを考えるようになっていた。

＊

夏休みも中盤。去年はずっと家に引きこもっていたのに、今年は美術室に引きこもることになった。

僕と桜庭さんは隅っこで宿題をしながら、ときどき美術部のみんなが描いた魚の絵を見せてもらった。

美術部の人たちはコンクールも控えていて、とても忙しい中で協力してくれていた。僕らにできることは宿題を終わらせて、美術部の人たちに見せてあげることくらいだった。

「こんな感じでどうかな？」

手元の魚に色をつけていた岩崎さんは筆を置き、描き終わった魚の絵を見せてくれた。色のついたエンゼルフィッシュは、下描きの時よりも目がいきいきとしていた。

「鱗郷祭の出し物でやるんでしょ？　自分たちが描いた魚が泳ぐって、想像するだけでワクワクする！　絶対動画撮らないとだよね！」

期待を膨らませる岩崎さん。それから待ちきれない様子で、桜庭さんに問いかけた。

「特設ステージは何時からなの？」

「えっと、一番最後の夜7時半からだよ」

「オオトリじゃん！　去年はわりと有名なアーティストだったんだよ！　めっちゃ期待されてるね！」

岩崎さんの絶賛の言葉で、他の美術部員たちは「すごい」の大合唱を始めた。

「今回は2つの高校がコラボするっていうのをうりに、なんとか枠に入れてもらえたんだよね」

桜庭さんはちょっとだけ得意げな顔をして、照れくさそうに話した。

直前の申請でも引き受けてくれたのは、桜庭さんが電話で断られたのを諦めきれず、直談判までした熱意が通じたからだ。話を聞いてくれたのが男性だったのが功を奏したのかもしれない。きっと鼻の下を伸ばしながら、快諾してくれたのだろう。

「私たちも当日見に行くから、頑張ってね！」

岩崎さんにエールをもらい、僕らは美術室を後にした。

これから波田野君と一緒に、プロジェクションマッピングの魚群を作ることになっている。

リアルに描かれた魚の絵を束ねて、待ち合わせしている市民ホールへ向かった。

＊

「波田野君、久しぶり！」

「待ってましたよ！」

　一足先に市民ホールの会議室に到着していた彼は、パソコンを立ち上げていた。

「これ、美術部の人が描いてくれた魚たち」

「うわぁ……写真みたいにリアルですね……」

　鱗の反射まで丁寧に描き込まれた絵を見て、波田野君は僕と同じ感想を持ったようだった。彼はさっそく絵を専用のスキャナーで取り込むとパソコンを操作し、ソフトを起動させた。

「じゃあ、まずはこの黄色い魚から映してみましょう」

　部屋の照明を落としてしばらくすると、壁のスクリーンにはエンゼルフィッシュが映し出された。

「すごーい！」

魚が映っただけで、桜庭さんは大喜びしていた。拍手がパラパラと部屋に響く。

「これって、動かせるの？」

「うーんと、魚っぽく動かすには……」

波田野君は少し難しい顔をしながら、設定を調整していた。ほどなくして、パチンと強めのエンターキーの音がすると、プロジェクターから映し出された魚は緩急つけて勢いよく泳ぎ出した。

大興奮の桜庭さんは椅子から立ち上がり、追いかけるようにスクリーンへ近づいた。

「すごいすごい！　本当に泳いでるみたい！」

追いかける桜庭さんの影が、スクリーンに重なる。エンゼルフィッシュはもともと桜庭さんの魚群の一員だ。スクリーン越しではあるものの、僕には見慣れた光景だった。

騒ぎ回る桜庭さんを嬉しそうに見ていた波田野君は、他の魚も同じように取り込んでスクリーンに映し出した。ニシキゴイやナポレオンフィッシュなど種類は様々だった。目やヒレまで丁寧に描かれたその姿は、ただ見ているだけで十分に楽しめた。

「あれ、もしかして……このピンク色の魚……」

僕が口にすると、波田野君は描かれた原画を確認した。

「アカネハナゴイって書いてあります」

「桜庭さんを包むように泳いでいる魚、僕が見たのはほとんどがこの魚なんだよ……桜吹雪みたいだったんだよね」

プロジェクターから放たれるまぶしい光を背にして桜庭さんは、どこか寂し気にスクリーンのアカネハナゴイを見つめていた。

波田野君は少し宙を見上げて考える素振りをした後、再びパソコンのキーボードを鳴らした。

「それであれば……」

その一言のあと、アカネハナゴイは20匹ほどスクリーンに登場した。同じ方向に泳ぐ様子が、まさに魚群といえた。桜庭さんの近くを泳いでいるのを見ると、なぜだか涙が滲んでくる。

「……私の周りを、こんな風に魚が泳いでいるんだね」

ただ泳ぎ回る魚を見つめている2人は、僕が泣きそうなことには気づかなかった。

「試しで映してみたけどこの感じなら上手くいきそうな気がする。全部読み込んで、設定を調整すれば魚の動きと合わせられるし、後は曲とかも選べばほとんど完成かな」

波田野君は早々と帰り支度を始め、僕らもプロジェクターをしまうなど、撤収作業を手伝った。

「計画、成功するといいなぁ」

桜庭さんの言葉に僕らも同じ思いだった。

「今の時点では順調だからね……これでクジラがお祭りにくれれば……それを波田野君に見つけてもらって、特設ステージまでおびき出せれば……」

「これがほぼ最後の打ち合わせになるんだね。最近もずっとクラスのグループチャットの通知が鳴っていて、誰々が捕まったとかそんなんばっかりだよ。私もこれで終わりにしたい。頑張ろうね」

桜庭さんの真剣な眼差しは凛《りん》としていて、決意というか覚悟のようなものまで見受けられる。

「こんな時に魚が見えないなんて、本当に申し訳ないな。みんなで頑張ろう」

いつの間にか、僕の中に使命感や正義感が芽生え始めていた。今まで感じたことのない気持ちが、自分の背中を前へと押し続ける。いつの間にこんな暑苦しいやつになったんだろう。きっと、桜庭さんの影響だ。

だけど、事件が起き続けるこの状況を変えられるのは、僕らしかいないと思う。

彼女と話していた世界平和を実現するために、今ある全力を尽くしたい。

僕らは手を重ね、「絶対成功させよう」と声を合わせた。

*

「高校2年生の男子生徒数名が、帰宅途中の会社員を襲う事件が発生しました」

今朝のニュースはかなり深刻だった。

犯行グループには僕の学校の同級生がいた。

きっと同じようにニュースを見たあの2人も、この異常で段々とあくどくなっている事件に胸を痛めているだろう。いよいよ明日に迫った鱗郷祭に、僕は眠りが浅くなっていた。

魚が見えるようにならないまま、祭り当日を迎えてしまうことに焦りがあった。

――嘘つきが2人いると思うよぉ。その嘘が暴かれれば、魚はきっとまた、見えるようになるのさ――

あの男が言い残した言葉が浮かんでくる。

誰が嘘をついているのだろう。

僕の周りで嘘をついていそうな人は全然見当たらない。

父の嘘を暴いて以来、もう1人の嘘を暴くことはできないままだった。

魚が見えない今、頼みの綱は波田野君になる。あの男に棲みついているクジラを海に帰す計画を絶対に成功させたい。

クジラは必ずやってくる。桜庭さんの魚を守りながら、クジラを海へ誘導するだけだ。

何度も何度も、自分に言い聞かせていた。だけど、何十回と行ったイメトレは、逆に心配事が増える気がしてやめた。

ゆっくり眠って、明日に備えよう。そう思っていたのに、緊張でよく眠れないまま、鱗郷祭当日を迎えた。

*

僕と波田野君は昼過ぎには会場へ向かい、クジラを探していた。

「いないなぁ……」

3時間ほど会場内を探し歩いていたが、クジラは見つからなかった。もうそろそろ特設ステージでカラオケが始まる。ここからもっと人が増えるだろう。あの男は人がより集まる夕方を目がけて来るつもりなのだろうか。

「桜庭さんも、待ちくたびれてるみたいですね……」

彼女の魚の安全を確保するため、クジラが見つかったあとに桜庭さんと合流する予定だった。「まだ見つからないの?」と、僕の携帯にも何度も連絡がきている。

波田野君は携帯と道行く人を交互に見ていた。クジラ探しは完全に波田野君頼りとなっている。だけど、あれだけ大きな体だ、正直こんな風に歩き回らなくても、来れば一発でわかるだろう。

特設ステージではカラオケ大会や太鼓の演奏などが行われ、会場は次第に盛り上がりを見せていく。

僕らの出番も着々と近づいてくる中で、フランクフルトを食べていると、波田野君は突然「まずい」と連呼し始めた。

「どうしたの? そのフランクフルトはずれだった?」

「桜庭さんが待ちきれなかったみたいで、お祭り会場に来ているみたいです。人ごみがすごくて動けないって返事のあと、連絡がなくなりました」

まだクジラも見つかっていない会場に、桜庭さんが来たのは危険極まりない。僕らより先にクジラに見つかってしまえば、僕が見た悪夢が現実になる。

「探そう!」

最後の一口を無理やり頬張り、僕らは二手に分かれて、西側と東側に走った。全力で走りたい自分と、思うように動けない人ごみ。イライラしながらも、行き交う人の波に合わせるしかなかった。しかし、どこを探しても桜庭さんの姿はない。人だかりで動けなくなるような場所が会場内には多すぎて、桜庭さんを探し出すのは容易ではない。

見つかりそうにない人ごみにも疲れ、僕は横道に逸れた。探している途中で何度も連絡しているのに、桜庭さんからの返信はない。何かあったんじゃないかと思うと、立ち止まってもいられない。

「やっぱりまだ歩いて探そう」

歩き出した僕と、大勢の来場者を挟んだ向こう側の横道。目が合った。

「……え？」

＊

桜庭さんは白地に水色とピンクの朝顔の柄が映える浴衣を着ていた。

「ごめんね……？」

僕に怒られるであろうことを予想していたのだろう。開口一番、彼女はそう言って謝ってきた。

「まさか出店でかき氷食べてるとは思わなかったですよ」

波田野君がそう言うと、桜庭さんは恥ずかしそうにかき氷を混ぜていた。

「まぁ、とりあえずクジラに襲われる前に桜庭さんが見つかってよかったです。浴衣もとても似合ってますね」

彼は彼女の浴衣姿にメロメロだ。その横で、何も話さない僕に何度も視線を送って機嫌を窺う桜庭さん。でも、僕が黙っているのは、そのせいではなかった。

「波田野君……1つ訊いてもいい？」

「はい、どうしました……？」

何度も同じ考えがぐるぐるとした。言葉を選ぼうとしているものの、訊きたいことは1つだった。

「クジラ、見えてないよね……」

「え？」

「魚、本当は見えないんでしょ？」

彼は顔をこわばらせ、凍りついた表情のまま何も言わない。答えは聞かなくてもわかったようなものだった。

ガヤガヤと通り過ぎる人が、僕らの傍でお祭りを楽しんでいる。

「訊きたいことは、魚が見えるか見えないかじゃない。もう、見えないんだっていうのはほぼ確信してる。どうして、見えるって嘘をついたの？」

彼の口元はグッと力が入り、震えていた。

「パソコン部と兼部で、オカルト研究部にも入ってるんです……」

やっと聞き取れるような声量で、言いづらそうに言葉を並べた。

「あぁ、そっか。僕のこの力って、オカルトと言えばそうだよね。いいネタにはなるかぁ……」

悲しいやら、悔しいやら次々に押し寄せてくる感情。溺《おぼ》れるように、僕は飲み込まれていた。今思えば、僕が信じすぎてたのかもしれない。ずっと独りだったから、同じ能力の仲間がいるって思いたかった。

彼の経験談が僕と似ていたのは、僕の話を真似していたからだったんだ。そんなもので騙されていた僕も、浅はかだったのかもしれない。

桜庭さんは目を丸くしたまま、僕らの会話の続きを待っていた。

「許してもらえるとは思わないけど……本当にすみません……でも、最初は確かにオカ研の取材だったけど、今は一緒にクジラを止めて、桜庭さんの魚をはじめ、みんなの魚を守りたいって本気で思ってます！」

彼が必死に弁解しているのに、自分の心を保つので精一杯だった。

「本当にごめん……」

苦しそうな彼の謝罪が、僕の心に響いたような気がしては、すぐに消える。疑い出せばどこまでも疑い深い。それどころか、見えないことが確定した以上、もうクジラを遠くから見つけることはできない。僕は完全に希望も失っていた。

「ねぇ、橘君はどうして波田野君には魚が見えないってわかったの？」

「……さっき、道の向こう側で目が合ったんだ。いたんだよ。あの、気味の悪いおじさんが。クジラの住処であるあの人が。また、すぐに見失ってしまったけど。正直、桜庭さんの魚も今の時点で無事かどうか、もうわからないんだ」

自分でも笑っちゃうくらい力のない声だった。それに、これが2つ目の嘘じゃないのか？　全く魚が見えるようになってない。あの男の言ってることすら、やっぱり嘘だったのか？

もう、何を信じていいのかわからない。すっかり、溶けてしまったかき氷が、夏の終わりと、この計画の終わりを告げている気がした。

恐れていた計画の失敗。それも最悪な形で。だけど、桜庭さんを今すぐ帰せば、彼女の魚は守れるかもしれない。

「諦めちゃだめだよ……」

桜庭さんはかき氷を置いて、僕の手と波田野君の手を握った。

「まだ、私の魚は無事かもしれないし、私たちのステージだってまだ始まってない。ここでやめたら、クジラは止められないし、ずっと犠牲を見逃すことになるんだよ？今はもう、計画していたことをやるしかないよ」

彼女の手は、かき氷を持っていたからか冷えきっていた。波田野君もしっかり僕の目を見て、「続き、やりましょう」と力強く言い切った。

この祭りは、夏休み最後の祭りだ。準備を含め、ここまでできるのはこれが最後。ここを逃すわけにはいかない、それは理解していた。

僕が辛うじて頷くと、波田野君はステージの準備に行くため、この場を離れた。桜庭さんの魚を守るために、残った僕たちは極力人ごみからは離れた場所でステージを見守ることにした。ステージ上のマジックを見ている間も、どこからともなく不安や焦りが僕を捕まえる。

あの男がいたということは、今も会場のどこかでクジラが魚を食い散らかしていることは明らかだ。

これ以上、魚が減るのを見過ごすわけにはいかない。何が嘘で、何が本当かなんて、今は後回しにしておくべきだ。僕も舟を焼く思いで……覚悟を決めないと。

「始まるね」

桜庭さんはまっすぐにステージを見ていた。

僕らのステージの開始時刻となり、始まりのポップなメロディーが流れだす。会場も手拍子を始めた。真っ先にステージに映し出されたのはエンゼルフィッシュだった。黄色と黒の縞《しま》模様、食用の魚とは異なるユニークな体型。スイスイと自由に泳ぎ回るエンゼルフィッシュに、会場の視線が釘付けになる。

リアルに描かれたその姿は、まさしく空中を泳いでいるようだった。何匹も連なるように泳ぎ出し、少しずつ魚の群れを作っていく。

続いてステージの背景は海を表現した深い青に色を落とす。水族館では群れで見かけないナポレオンフィッシュが10匹近く横切って行った。きらきらと体の模様を金色に光らせ、暗くなり始めた外の世界に電流を流しているようにも見える。

エンゼルフィッシュとナポレオンフィッシュは互いの魚群に混ざり合う。体の大きさが何倍も違う魚が、仲間のように穏やかに泳ぎ去っていった。

ちゃぽんと水の波紋が広がり、今度は背景の青が薄く透明に変わる。色とりどりのニシキゴイが一斉に泳ぎ出した。紅白でくっきりとした模様を身にまとったコイ、金色に体を包むコイ、オレンジ色に光るコイ。踊るように勢いよく泳ぐ様子は、水しぶきまで想像できる。

ここまで見ただけでも、波田野君が今回の計画に欠かせない存在だったのは明らかだ。魚が見えなくても、彼がいなければこの計画は成り立たなかった。

嘘をつかれていたショックと、オカルトなどと思われた悲しみはすぐには癒《い》えないけど、僕の目の前に広がる光景は彼と作り出したものだ。このステージを見ていれば、彼が本気になって多くの時間を費やしてくれたこともわかる。

泳ぎ回るコイは人間関係のようなしがらみなど何もない。ただ自由に、堂々と泳いでいる。

中心に集まり、バタついていたコイが瞬時に散ると、見たことのない色のニシキゴイの大群が現れる。紫、緑、青、ピンクと様々な色のコイはゆっくりと円を描くように泳ぎ出し、散ったニシキゴイを少しずつ呼び戻す。

「すごい色……絵がリアルだから、ピンクや青でも本当に生きてるみたいだね」

離れたところから見ていても、よく目立つコイの群れ。くす玉から舞い散る紙吹雪みたいにカラフルで、どのコイも主役級の存在感だ。

その姿が他のニシキゴイに溶け込んで見えなくなると、すべてのニシキゴイが泳ぎ去った。

想像以上の仕上がりに、僕も桜庭さんも、ただステージに見入っていた。僕自身においては、一瞬魚がまた見えるようになったと錯覚してしまう瞬間もあった。

一度暗転すると、チラッチラッとステージに雪が降る。1粒、また1粒と姿を現したのは、小さな白い魚だった。ひらひらと泳ぎ、段々と増えていく。

真夏にもかかわらず、一気に会場は冬の入り口に立っていた。ベルのような透き通った音も重なり、しんしんとした冬の夜が広がる。

「綺麗だなぁ……」

僕の口から、不意にそんな感想がこぼれた。

桜庭さんは僕の言葉でふふっと小さく笑った。

そしてステージの方へと歩き出した。

「桜庭さん？　今、あの人ごみへ行くのは危ないよ」

僕がそう言うと、彼女は目を潤ませていた。小さく首を振り、前へ進んでいく。慌ててその後を追い、ステージに近づいて行く桜庭さんを引きとめた。

「待って、本当にこれ以上は……」

振り返った桜庭さんが、真っすぐにこっちを向く。彼女のぎこちない笑顔を僕は初めて見た。いつもの楽しさや喜びが詰まった表情ではなくて、寂しさを隠すような顔に見えた。

「橘君、初めて会った時に、私に何て言ったか覚えてる？」

初めて会った時？　突然の質問に、僕は訳がわからないまま「覚えてない」と正直に答えた。

彼女は表情を変えなかった。きっと､僕の答えが最初からわかっていたんだと思う。

「綺麗だなぁって、言ってくれたんだよ」

その言葉を聞いて、僕の記憶は入学式の日まで巻き戻された。

教室に入ると、真新しい制服を着た人が何十人もいた。もう友達を作り、騒がしくする人もいたし、そわそわと周りを見渡している人もいた。

色とりどりの魚がその辺を泳ぎ回っていて、僕はその種類や数でおおよそどのような人間かを推察していた。

教室に入った時から、クラスメイトの視線を奪う女子がいた。僕もまた、その女子から目が離せなかった。

すれ違う人に挨拶をしながら自分の席へ向かう彼女は、桜吹雪を身にまとっていたからだ。

「おはよう」

そう声をかけて、僕の横を過ぎた。

「綺麗だなぁ……」

挨拶を返すことも忘れていた。僕は、彼女を包むように泳ぐアカネハナゴイが本当に綺麗だと思って、カメラに収めたいとぼんやり思いを巡らせた。

しんしんと泳ぐ白い小魚は、夜から朝日に変わる背景に同化していく。朝焼けが起こすドラマチックな空の変化とともにステージの音楽は止み、それを見ている人たちもまた、壮大な自然の美しさに言葉を失っていた。誰もいない、冬の早朝がそこにはあった。真夏の祭り会場からは程遠い、やけに澄んだ空気が僕らを包む。

「あの日から、橘君は何か他の人とは違うなって思ってたよ。あんなに人と関わりたくなさそうに学校にいて、いつもすぐ帰る橘君が、不審な人から助けてくれた時は本当にびっくりした。私のわがままを聞いて、クレープを一緒に食べてくれたり、学園祭一緒に回ってくれたり……それから、今も必死に私のことを守ろうとしてくれてる」

目も合わさず、伏し目がちに話し続けるなんて、桜庭さんらしくない。

もしかして、彼女の魚が食べられてしまったんじゃないかと思うと、話があまり入ってこなくなっていた。

「入学式の日も綺麗って褒めてくれたのかな、と思ってたのに橘君はそれから一切話しかけてこなかった。それどころか、目が合うことさえ一度もなかったよね」

桜庭さんは懐かしそうな顔で、口元を緩めた。

僕が入学式の日に綺麗だと思ったのは、アカネハナゴイの方だ。あの時、桜庭さんは自分自身のことだと思ったのだろうけど、訂正はいらないなと思った。今となってはそれも間違っていない。

「おかしいよね。最初は、変だなぁって思ってただけのはずなのに……」

桜庭さんの向こう側に見えるステージは、朝焼けから晴れ渡る空の色へ変わる。さっきの白い小魚もまた、色を変えて戻ってきた。

僕がステージを泳ぐ魚に目を奪われると、桜庭さんは視界に入り込むように僕に近づく。

にこりともしない彼女の端麗で真剣な表情に、緊張が走った。

「あの時からきっと、私は橘君のことがずっと好きだったの」

炭酸がはじけ飛ぶように、アカネハナゴイはその姿を現した。

ステージから泳ぎ出してきたのかと思うほど、勢いよく僕の視界を埋め尽くす。

色彩豊かな魚群の登場は、いくつもの花が咲くのを早送りで見ているみたいだった。桜庭さんの張りつめた表情も一気に見えなくなっていく。

思い悩む桜庭さんの気持ちが、落ち着きなく泳ぐ魚から手に取るように伝わってくる。

無数の魚に覆われた桜庭さんと視線が合わなくなると、周りでメダカやタイ、ドジョウ、ウナギ、スズキ、数えきれない魚が観客席にも姿を見せた。

音も立てず、僕の世界に舞い戻った大量の魚たちは、元気に泳ぎ、このステージを心から楽しんでいる。

ステージ上でも徐々にアカネハナゴイの数は増える。桜が散るような泳ぎは、会場を朗らかな春へと連れていく。

その一方で、僕らの間には少しの沈黙が過ぎる。

人生で初めて告白された。僕の心臓は暴れるように鼓動を打ち鳴らし、耳までその拍動が届いていた。

応えようにも突然過ぎて、言葉が何も浮かんでこない。ありがとうとか、よろしくお願いしますとか言うべきなのかもしれない。

いや、正確には思い浮かんでいるけど、声に出せない。

ずっとほしかったプレゼントが手に入ったような、底知れぬ嬉しさだけが溢れてくる。嬉しいを通り越して、わなわな震える体がくすぐったい。

「橘君……だから、あの……私と……」

魚に覆われた彼女に対して、隠しきれない照れもあったが自然と笑顔になった。

桜庭さんの魚は無事だったんだ。いつも通り……いや、いつも以上に元気に泳ぎ回っている。体の中から溢れ出てくる温かい気持ち。冷静ではいられなくなるほど何度も何度も喜びを噛みしめた。

「見ぃーつけた」

心地よい夢から、引きずり出されるような声。

ゾワッと一瞬にして背筋が凍る。

振り返ると、真っ黒なクジラは見ない間により大きくなり、重たげに泳いでいた。

何十メートルあるのだろう。口先から尻尾まで見通せないほど巨大化している。

すぐ後ろにはあの男が立っていた。おもちゃのようにキュッと上がる口角は、最悪の事態を予感させた。

「桜庭さん、走って！」

話の途中だった桜庭さんの腕を引き、走り出す。浴衣で走りづらそうな桜庭さんを連れ、僕はステージめがけて駆け抜けた。

今日一番ではないかと思うほど大勢の人で大混雑していたが、止まっている余裕はない。屋台の脇を縫《ぬ》うように走って前へ進んだ。

障害物もなく泳ぐクジラに少しずつ距離を詰められ、僕の焦りは最高潮に達していた。滑りそうなほど手には汗が滲んでいる。

「待って待って、関係者以外はこれより先に行けないよ」

黒いTシャツを着た男の人に、ステージの1歩手前で止められた。すぐ後ろに迫っているクジラは、大きな口を開けて近づいてきた。真っ暗で奥の見えない口内はまるで深海のようで、得体のしれない怖さがあった。

クジラが追いかけて来てるなんて言えるわけない。僕らは群衆とスタッフに囲まれ、完全に動けなくなっていた。

もうだめだ、ここまで来たのに。息切れするばかりで、何て伝えたらいいのか、思うように言葉が出てこない。

「僕の関係者です！　2人を通してください！」

関係者スペースから出てきた波田野君は、大声で叫んでいた。スタッフの人たちは戸惑いながらも僕たちから離れ、道を空ける。

あと数メートル、クジラの吐息があれば届きそうな距離に僕らはいた。急いでステージの階段を上がり、アカネハナゴイの桜吹雪に飛び込む。桜庭さんの魚はプロジェクターから映し出された作り物の魚群に何度も気を取られながら、それでも桜庭さんから離れなかった。

僕から見れば、どれが作り物で、どれが桜庭さんの魚なのか見分けがつかなかった。桜庭さんがいつも引き連れている魚は、映し出された作り物の魚と合わせると数百匹はいる。風に吹かれた桜のように、多くの魚が舞っていた。

僕らがステージに上がったのを演出だと思った観客は、歓声を上げている。

後ろを振り返ると、巨大なクジラはステージすら丸呑みしそうな大口を開けて、桜庭さんに迫っていた。

全身に緊張が走る。実体はないとわかっているのに、食べられてしまうと思うと、恐怖で胸の奥まで震える。

牙のない薄ピンクの口は、彼女がまとう大量の魚を吸い込んでいく。

「桜庭さん！」

彼女の魚だけは、助かってほしい。心からそう思った。摑んでいた腕を強く引っ張り、逃げきれない桜庭さんを抱きしめる。驚いた表情が、最後に少しだけ見えた。

それも一瞬で、さっきまでステージに流れていたＢＧＭや観客の歓声も一緒に、何もかもなくなった。クジラの口にぶつかるような感覚も、生物らしい臭いも、呑み込まれるような音も一切しない。

でも、自分の前に広がったのは、目を開けているのか閉じているのかもわからない暗闇。

間に合わなかったんだ。クジラに呑み込まれてしまったんだと、全身で理解できた。

まだ呼吸も整わない中で、立っていられないような脱力感と後悔が残る。計画が甘かった、もっと早く能力を取り戻せていたら。今更どうにもならないのに、頭の中はそのことでいっぱいだった。

もう桜吹雪のような魚群が、桜庭さんの元へ戻ることはない。僕は唯一守りたいと思っていたものさえ、守れなかった。悔やんでも悔やんでも、もう僕にはどうすることもできない。

「魚が見えるなんて、すごいね！」

暗闇の中で突然、甲高い声が響いた。声の方を向くと、三つ編みを垂らした見知らぬ女の子が立っていた。真っ赤なランドセルを背負い、頬はピンク色。目を爛《らん》々と輝かせて、こちらを見ている。

その周りを、オレンジ色のランチュウが30匹程泳いでいた。

「海じゃないのに魚が見えるんだ！　ここに大きな金魚がいっぱいいるの？　今度、絵に描いて見せて！」

女の子は前のめりで、無邪気な笑顔を向けている。

桜庭さんのような明るさ、屈託のなさが僕の心をじんわりと温める。僕の絵は下手だけど、すぐにでも描いてあげたいと思った。

でも、この女の子が誰なのか見覚えは全くなかった。

「じゃあ、また明日ね！」

女の子は大きく手を振りながら、走って行った。その後を、ランチュウたちも追いかける。

僕も手を振り返そうとしたけど、手が思うように動かなかった。おかしいな、と思いながら、ランチュウのふさふさした尾びればかりでよく見えない後ろ姿を見送った。

ずっとこんな風に魚が棲み続けてくれたらいいのに。いくつになっても、僕の話を信じてくれる人ばかりならいいのに。

未だにそんな理想を捨てられないでいる。もちろん、僕がどう思おうと、何も変わらないことはよくわかっている。

後ろでポタポタッと、雨漏《も》りのような音がした。目をやると、椅子に座っている男がいた。大学生くらいだろうか。グレージュの髪の間からは、左耳に黒いピアスが4

つ覗く。男は手元の紙を、真剣な顔で見ている。

室内には、とてもリアルな人物画が所狭しと並んでいて、キャンパスや絵の具がそこら中にあった。よく見ると、さっきの雨漏りのような音は、筆洗バケツに横たわった筆の先から垂れる、しずくだった。

ここは美術室……？　ただ、僕の通っていた中学校や高校とは違う。眉を寄せ、食い入るように紙を見るピアスの男も、知らない人だ。室内には、僕とこの男の２人だけしかいない。

ピアスの男の周りには、魚が４匹いた。その外見とは正反対の、可愛らしいベタだった。大振りのリボンのようなヒレを使い、ふんわりと泳ぐ。色は青とオレンジの水彩絵の具を滲ませたようで、存在感が抜群だった。

それまで無言だったピアスの男が、睨むように僕を見た。

「田淵《たぶち》ってさぁ、ほんと感性豊かだよね。俺ら一般人には理解できない独特な発想やらが、個性的なんて言葉で高く評価される。配色とか、リアリティなら、お前よりもっと上が大勢いるのにな」

その薄ら笑いからは、同調する周囲のくすくす笑う声まで聞こえてきそうだった。学園祭でのことを思い出し、心臓がズキズキする。

目と耳を、塞《ふさ》いでしまいたい。もう見たくない。

顔を背けようとした。でも、何かがヘンだった。顔を逸らすことができない。目を閉じることも、耳を塞ぐこともできない。意識はあるのに、体の自由が全くきかない。

何かが、おかしい。

見覚えのない美術室。ベタを棲まわせている大学生らしきピアスの男。そしてこの男は、僕の方に向かって「田淵」と声をかけ、見下すような口ぶりで一方的に話しかけてきた。

まるで、僕が田淵という人間であるかのように。

混乱する頭の中で、ありえない考えがよぎった。今、僕が見ている光景は、田淵という人物が見ているものではないかと。

自分で仮説を立てておきながら、当然そんなわけないと否定をする僕がいる。だけど、今見えている美術室やピアスの男、それに田淵という名前もすべてに覚えがない。

もし、田淵がいる世界で、これは田淵が見ているものだとしたら、この光景のどこにも違和感はない。

一方で、僕の意識はこの通り存在している。でも、思い通りには動けない。この体は、他の誰かの意志で動いている。普通に考えれば、田淵が動かしているはずだ。

僕はどうなってしまったんだろう。意識は自分で、体は他人？　まさか、別人に生まれ変わった？

いずれにせよ、今の僕はきっと、田淵に同化したんだ。

さっきの女の子も、僕はずっと田淵を通して見ていたんだ。

ベタやランチュウが見えるということは、田淵も人の心に棲みつく魚が見える人なんだろう。

なにより、見えている世界が、僕のいる世界に似ている。周りから疎外され、寂しさや虚しさでいっぱいの孤独な世界。

「特に人物画。なんで一緒に魚も描いてんの？　そういう独創性みたいなので評価上げようとしてるのが見え見え。腹立つんだよ」

「違うよ……魚含めてその人だから……」

僕の口から洩れるように出てきた田淵の言葉。敵対したくないといわんばかりのその声は、自信がなく、弱々しく聞こえた。

重苦しい空気が流れる。ピアスの男は深く息をついてから、さらに続けた。

「いいよ、本当そういうの。みんな引いてるの気づいた方がいいって。キモ過ぎて、田淵と一緒にペア組みたくないって言われてんのわかってる？」

嫌悪を押しつけるような物言いに対して、田淵の返事はない。

パタパタとカーテンが風で揺れた。

「お前みたいなやつの絵が、入賞する意味がわかんねぇ。魚が見えるとか、ありえねぇだろ。頭おかしすぎ」

舌打ちすると、男は手元の紙を無造作にこっちへ放り投げた。やや厚めのその紙は、ひらひらと舞って僕の足元に落ちた。

その紙には、鉛筆で描かれた女性がそばかすまでリアルに描きこまれていた。でも、それ以上にリアルに描かれていたのは、アロワナだった。アロワナは、女性の胸元を隠すように、その身をしならせている。

鱗1枚とっても、陰影が描き込まれて立体的だ。全身の光沢感は、不思議なくらい神秘的だった。

「ふざけんなよ、嘘つきが」

ピアスの男はそう吐き捨てた。

僕の視界がみるみる潤んだ。足元の紙の上に1滴、また1滴と我慢の限界を超えた涙が落ちる。この涙に、共感しかなかった。自分のトラウマが鮮明に蘇り、ぴったりと重なった気がした。

魚が見えることも、みんなと仲良くしていたいことも、全部本当なのに上手く言葉にならない。かといって、精一杯言葉にしたところで、相手と通じ合うこともない。そんな心の底にあるどうしようもない感情が泡のようになって浮かんでは消える。

結局、僕たちが普通に生きていく方法なんて、1つしかない。見えることなんて、言わなければいい。見えないフリをしながら、やりすごせばいいんだ。

これ以上、苦しまないで。そう思うと、僕まで泣きそうだった。

「魚が減るからだよ……やっぱり魚が減ったら……だめなんだ」

弱々しい声が、途切れ途切れになりながら出てくる。

「もう、4匹しかいないんだから……これ以上減ったら大変だよ……」

声の震えは収まって、ぼそぼそとした声になった。

「……いや、何言ってんだよお前……」

カーテンが大きく広がり、たなびいた。

強い風が吹き、カーテンをさらっていく。

徐々に明るくなっていく視界。大きな窓はピアスの男と僕を映し出した。

でも、そこにいたのはやっぱり僕ではなかった。背筋に緊張が走るような目元。見覚えのある顔をしていた。そして窓ガラスが映していたのは田淵だけではなかった。

田淵の背後に落ち着きを払った様子でいたのは、僕と桜庭さんを呑み込んだあのザトウクジラだった。クジラはしっぽを一度だけ大きく振り上げた。

ピアスの男は美術室を出ようと背を向けた。ベタもその後をひらひらとついていく。

「君のベタ、夕日が沈む海みたいで、本当に素敵だよね」

ピアスの男へ手向けるように放った言葉が、僕の口を伝って聞こえた。

そして、田淵の元から流れるように泳ぎ出したクジラは小さな小さなベタを、4匹まとめてひと呑みにした。

＊

気がつくと、物音ひとつしない仄暗い水の中のような空間が広がっていた。僕の足元には、眠るように横たわる桜庭さんの姿があった。僕らの他には誰もいない。

ここはどこなんだろう。

すぐに桜庭さんを起こそうとして、腰をおとした。体が自由に動く。

「桜庭さん、桜庭さん……起きて」

彼女の周りには魚1匹見当たらなかった。

桜庭さんは僕の呼びかけで、ゆっくりと目を開いてから、2回ほど瞬きをすると大きな瞳を輝かせた。

大きく目を見開き、右手をすっと上げて天井を指さす。

「見て……」

見上げると、遠くに淡い光が見えた。そこから、ちらちらと何かが降ってくる。透けるような何か白い物が、僕らの目の前まで降りてきた。

「これ、ミズクラゲだ」

4つの丸い模様が頭に施された、白くて小さなクラゲだった。薄いレースカーテンみたいに、緩やかに波打つ傘。のんびりと漂う姿に、なんだか心が癒される。

すいすいと上へ下へ自由に泳ぎ回っていく。次から次へと降ってくるのを見ていると、触手の長いオワンクラゲがゆったりと泳いでいた。拍動するように傘が動くと、長い触手は膨《ふく》らんで伸びを繰り返す。

透明なオワンクラゲは、傘の中が向こうまで透けて見える。クラゲとは違う何かが、その傘の中にいた。

目を凝らすと、魚が見えた。初めて見る光景に、僕は思わずオワンクラゲに手を伸ばす。

中にいた6匹のドジョウは、窮屈《きゅうくつ》そうに泳いでいた。まだらな体の模様は尾びれまで続き、口の周りに髭がツンと伸びている。

僕はそのオワンクラゲを離し、近くにいた赤い縞模様のアカクラゲの傘を摑んだ。確認すると、どのクラゲもその中に魚を入れている。

「このクラゲ、触れるんだね！」

笑顔を見せた桜庭さんは、アカクラゲの傘を突っついていた。摑んでは離し、風船で遊ぶように漂うクラゲを捕まえようとしている。

「見て！　おっきくて、面白い色してるー！」

桜庭さんが指さしたのはパシフィックシーネットルだった。

少し茶色を混ぜた橙色に、赤い触手、飾りのようにモコモコとした白い口腕。クラゲの中でも色が奇抜で、毒性が強い。

普通のクラゲでも触ってはいけないのに、桜庭さんはパシフィックシーネットルに手を伸ばそうとしていた。

「待って！」

僕は声を張り上げたけど、間に合わなかった。桜庭さんがそれを迷いなく鷲《わし》摑みしたのを見て、寿命が縮みそうだった。

「海でクラゲを見つけても、絶対触らないようにね……」

きょとん、とした桜庭さんはすぐに大きな目を三日月に変え、頷いた。

そのクラゲは傘のサイズが直径1メートルは超えていそうだった。大量の魚が傘の中を泳いでいる。

中の魚を見て、僕もパシフィックシーネットルを力いっぱい摑んでしまった。

傘の中で、アカネハナゴイが元気に泳いでいる。チョウチョウウオやエンゼルフィッシュも一緒のところを見ると、これは紛れもなく桜庭さんの魚だ。

「桜庭さん！　これ、桜庭さんの魚だよ！」

クジラに食べられてしまったという絶望から一転、胸の高鳴りを抑えられないほど、僕は嬉しさがこみ上げてきた。

「これが……私についている魚なの……？　すっごい綺麗！」

桜庭さんは、傘の中で泳ぎ回る魚たちを目で追い、楽しんでいる。

僕が目に映る物をひたすら綺麗だと思っていた間も、世界中のいろんな種類のクラゲは降り続けている。

派手さならパシフィックシーネットルに負けない、いちごグミみたいに真っ赤なクラゲ。海に入れば溶けてしまいそうな薄い浅《あさ》葱《ぎ》色《いろ》のクラゲ。僕らの周りをふわふわと泳ぎ回っている。

「なんでクラゲの中に魚が入ってるんだろう？」

桜庭さんは、自分の魚が入ったクラゲをがっちり握ったまま、首を傾げた。

僕も不思議に思っていた。僕たちはクジラに呑み込まれた。恐らく、ここにいる魚たちもクジラに呑み込まれてしまっていたはずだ。

普通ならもう消化されてるのかなと思っていたけど、なぜクラゲの中にいるのだろう。

僕らが考えている間も、クラゲは穏やかな雪のように絶え間なく降っていた。ラベンダーに似た紫のクラゲや、天然石のような水色の丸いクラゲたち。僕らが持つ疑問なんて気にもならないと、優雅に漂い続ける。

いつまで降るのだろう。見上げると一瞬満月かと思うような大きなクラゲが真っすぐ降りてきた。白と茶色の触手がゆらゆらとなびいて、傘はふわふわとゆっくりとリズムを刻んでいる。

近づいてきたそのクラゲは、想像以上に大きい。傘の直径が2メートル近くありそうな、巨大なエチゼンクラゲだった。

他のクラゲよりも遥かに大きなクラゲに、桜庭さんはすぐに興味を示した。パシフィックシーネットルを引っ張り、一際大きなクラゲに近寄っていく。

「わっ！　この魚、テレビで見たことあるよ！」

傘の魚を見ると、今度は後ずさりした。僕も、そのクラゲに近づき、中を見た。

「これってピラニア……だよね？」

桜庭さんは、恐る恐る近づいてはちょっと下がるような、変な動きを繰り返している。

牙をむき出し、お腹が真っ赤な数十匹のピラニアは、傘の中でも隅っこに集まっていた。

僕はなぜか、この魚が誰のものかわかった。それと同時に、胸がきゅっと締めつけられた。

引き寄せられるように大きな傘に抱きつく。

「橘君？」

突然クラゲに抱きついたから、桜庭さんは不思議そうな顔をしている。

「桜庭さん、ピラニアってどういう魚だと思う？」

「え……人も襲って食べる、怖い魚でしょ？」

「そのイメージが強いよね。だけど実は繊細で臆病な魚なんだ。特に一匹でいる時は極端に臆病になる」

「そうなの？」

「うん。なんとなくだけど、この魚の持ち主も見た目や一部の情報によって、誤解されてることもあるのかもなぁって……」

「全然知らなかった。知ろうともしなくて、ごめんね……」

桜庭さんはそう言って、すぐに僕と同じようにクラゲに抱きついた。

桜庭さんの心は、相変わらずどこまでも透き通っている。目に映るミズクラゲよりも、透き通っているのかもしれない。そんな彼女の魚も、いきいきとパシフィックシーネットルの中を泳ぎ回っている。他の人の魚たちも、クラゲの中で窮屈そうではあるけど、元気に泳いでいる。

僕はそんな光景を眺めながら、あの田淵という男がどうして、魚を捕まえていたのかその謎が解けた気がした。

男はみんなの魚を守りたかったんだ。

魚が減ってしまうと、魚が見えることを信じてくれる人がいなくなる。男はきっとそれを恐れて、クラゲの中で保護していたのだ。

「出ておいで」

エチゼンクラゲの傘の中に手を入れた。数十匹のピラニアは、僕の手からすばしっこく逃げ回り、隅っこへ集まった。

「この中にいたら、だめだよ。魚たちも、僕たちと一緒なんだ」

追いかけるように手を伸ばすと、ピラニアは思い思いに四散した。

魚と引き離されてしまった人の心は、濁ってしまった。ここにいる魚の多くは、ここから出られたら元の住処に戻ろうとするだろう。でも、濁ってしまった住処に全部は戻らないと思う。

魚がいなくなるのがなぜかは、本当のところわからない。純粋さを失って魚が減るのか、魚が減るから純粋さを失うのか。その順番すらも曖昧だ。

だけど、きっと魚たちは棲み心地の良い場所を求めて、住処を変えていく。より澄みきって、より温かな場所へ。

僕らだって、魚をたくさん棲まわせている人の傍が心地いい。

だから、ここに留まっちゃだめなんだ。

寄り添って隅に固まったまま、ピラニアは何か言いたげに僕を見つめていた。僕は絵を描くあの男に会えたら、言おうと思っていたことを伝えた。

「……僕はあなたが描いた絵、すごく素敵だと思う。僕のことも描いてほしいくらい」

男の描いた人物画は、魚が人物と同じくらい、むしろそれ以上に丁寧に描かれていた。棲みついている魚を1人の人物のように描いている。絵の中の魚は、飾りでも模様でもなく、紛れもない主役だった。

僕らから見れば、魚はその人自身だ。それをめいっぱい表現した彼の絵が、僕にとって素敵じゃないはずがなかった。

「絵？」

「うん、桜庭さんは見なかったの？　すごく緻密に描かれたアロワナの絵」

「なにそれ……！　見てないよ！」

あの記憶を見たのは僕だけだったのか。きっと桜庭さんもあの絵を見たら驚くだろうな。

桜庭さんだけじゃない。多くの人があの絵を見たら足を止めると思う。羨ましい。男はきっと、描くことでこの能力を人のために使っていけるんだろう。

僕にできることって、何があるだろうか。具体的には何も浮かんでこない。でも、この能力を自分以外の人のために使えるはずだって、今はそう思っていたい。

余計でしかなかったこの能力を、他の人のためにと思えたこと自体が僕にとっては大きな1歩かもしれない。少しずつでも、この答えがこれから見つかればいい。

僕の手の周りには、数匹のピラニアが寄ってきていた。まだ警戒しているのか、こちらの様子をうかがっている。

「大丈夫、出ておいで。僕たちはもっと自由に、生きていけるよ」

理解者の少ない世界に出ていくことを恐れて、傷つかないように閉じこもっていた日々も。いつ脅かされるかもわからない、心もとない自分の中の安全地帯も。もう、終わりにしよう。

1匹、また1匹と僕の手の周りに少しずつ寄ってくる。そのうち、ピラニアの口先が僕の人差し指に触れると、巨大なエチゼンクラゲは含んでいた魚を、水しぶきと共に勢いよく吐き出した。

大きな水滴が、爆発するように細かい水滴を生む。同時に大小様々な水泡も上に向かって飛び出していった。

慌てたように泳ぎ回るピラニアたちは、よく見ると可愛い顔をしていた。

宙を舞っていた色とりどりのクラゲが、次々と中に入れていた魚を同じように傘の外へ吐き出していく。瞬く間に空間は大量の魚で満たされる。オワンクラゲは微かに青く発光し、中身が軽くなったと言わんばかりに、僕らの前を漂っていく。

「わぁ……水族館みたい……」

「魚が見えるって話をした時も、水族館みたいでいいねって言ってたよね」

「うん、いいなぁって思ってた。だけど、よく見ると水族館とは違うね」

「あぁ、1つの場所に海水魚と淡水魚が混ざっていたり……」

「ううん、水族館は水槽を外側から見て楽しむものでしょ？」

桜庭さんの話の途中で、摑んでいたパシフィックシーネットルも、桜庭さんの魚を吐き出す。その魚たちは出て来るなり、すぐに彼女を取り囲んでいく。見えなくなりそうな桜庭さんの顔にはニッと満足気な笑顔が浮かんでいた。

「私たちが、水槽の中にいるみたい！」

圧倒的な魚の群れで、辺り一帯はピンクに染まる。その後ろをシルバーの体を光らせたタチウオが何匹も泳いでいく。

頭上は、顔に黄色いインクを被ったバラハナダイが群れを成している。右を見ても、左を見ても、違う魚で目まぐるしい。

水族館の水槽なんてもんじゃない。世界中の海と川を混ぜて、ぎゅっと凝縮した、この世でたった一つの水槽。僕らは今、そんな特別な水槽の中にいる。

「私、今日見たこと、一生忘れない。ずっと、見えてたらいいのに」

自分たちの前を通り過ぎる何百種類という魚を、どこか名残惜しそうにしている。

「桜庭さんのことだから、どうせ数日で飽きるよ。それでも気になるなら、僕が魚の様子を実況中継しようか？」

「飽きないもん！　私、継続力の塊だからね！」

「そうかなぁ？　三日坊主も多そう」

「……ずっと続けてるものだってあるよ！」

「へぇ、例えば？」

アカネハナゴイたちは途端にざわざわと、落ち着きがなくなる。

「橘君への片思い……とか」

妙に小さい声が、彼女の勇気を感じさせる。魚群で桜庭さんの顔が見えないことが、僕には救いだった。それでも、頬から耳にかけてなんだか熱い。沈黙ができる前に、何かしゃべらないと。そうなんだ、そうだよね、いや違うな。どうしよう、何て言おう。言いたい言葉があるのに、到底口にできる気がしなかった。

「みんなの前では、僕のこと好きなわけないって言わなかったっけ？」

彼女はあわあわと「それは」「だって」と歯切れの悪い言葉を並べる。

自分の照れや気持ちが見透かされないように、僕は極力涼しい顔をする。暴れる心臓に静まるよう暗示をかけていると、彼女は一呼吸おいてから、うわずった声でこう言った。

「橘君……もしかして喜んでるの……？」

「……はっ？」

僕は無意識に表情に出てしまったのかと、口元を隠した。

「前に魚が跳ねている時は、嬉しかったり、喜んでたりするって言ってたよね

……？」

「そうだ……けど……」

なんで今その話なのかと疑問に思ったのと同時に、すぐに僕は周囲を見回した。

十数匹のトビウオが、跳ねている。というより、飛び回っている。羽のような胸ビレはシャボン玉のように煌《きら》めき、扇状に広がっていた。

喜びを隠そうなんて気は一切ない。全身で歓喜を表現するように飛び跳ねていた。

自分の魚がトビウオという衝撃を遥かに上回る恥ずかしさで、今すぐ消えてなくなりたいと思った。

「さっきから、近くをずっと泳いでいるなぁって思ってたけど、橘君の魚だったんだね。橘君らしいなぁ」

耳が燃えているんじゃないかってくらい熱い。こんなに恥ずかしさで心がいっぱいになるなんて、人生で初めてかもしれない。黙っていられず、僕はすぐにトビウオの話を続けた。

「僕っぽいかな……トビウオ……」

「うん、海っていう日常から飛び出していく感じとか」

「あれは天敵に襲われた時に、飛んで逃げてるんだけどね」

「そうなんだ！　それならもっと橘君っぽいね」

「それ、どういう意味かなぁ」

「どういう意味だろうねぇ」

魚の群れの隙間から、にんまりしている口元がちらつく。自分の気持ちを真っすぐ表現できる桜庭さんが、いつも以上に眩しい。

入学式の日、唯一僕に挨拶してくれた桜庭さん。色鮮やかでカラフルな魚群を遠目から見ていたのに、今はこんなにも近くで見ている。

ちょっとだけ、触れてみたいと思った。たぶん、恥ずかしさで頭がいっぱいだから、思考力も落ちているんだと思う。

クラゲに摑まる彼女の手に、そっと手を重ねた。走って逃げる時は咄嗟《とっさ》に腕を摑んだりしたけど、実際ただ手を重ねるのは勇気がいる。

トビウオも、今だけ僕の顔を隠すように泳げばいいのに。

桜庭さんの顔は、魚で見えない。それでも僕は彼女に目を向ける。アカネハナゴイは、止まることなく一心に跳ね続ける。

「橘君の手、あったかいね」

照れたように言葉を繋ぐ桜庭さんの声。彼女の表情が、なんとなく想像できる。魚で顔が見えない期間の方が圧倒的に長いのに、今どんな顔をしているのかがいくらでも思い浮かぶ。

彼女が僕の視界に入り込んできたんじゃなくて、僕が自然と桜庭さんを目で追っていたのか。

そのことが、すんなりと素直に受け入れられる気がした。一体いつから、こんな風に桜庭さんを見ていたんだろう。

トビウオが飛び回る後ろを、何匹ものアカネハナゴイが追いかけている。

「このアカネハナゴイも、相当桜庭さんらしいんじゃないかな」

「えへへ……魚の方が素直なのかも」

「いや、僕は桜庭さんの方が素直だと思うよ」

「それって、褒めてる？」

「過去いちで、褒めてるかもね」

「なんか、ばかにされてる気がする……」

繋ぐように握り返してくれた桜庭さんの手はやわらかく、温かかった。

やっと彼女の手の内から逃れたパシフィックシーネットルが、赤い触手を揺らしていた。図鑑で見た時は毒性のことばかりが気になったけど、実際見てみると色の奇抜さも個性的で魅力がある。

クラゲたちは、体が軽くなったのか徐々に上の方へ昇り始めていた。僕らが抱きついている大きなエチゼンクラゲも、悠々と上の方へと向かっていく。

その周りを、数えきれない色とりどりの魚が取り巻く。小さな魚から大きな魚まで、種類を問わず一つの歪で巨大な魚群を作っていた。

僕もきっと、今日この瞬間に見た景色を忘れない。

少しずつ明るくなり、天井の先に、ゆらゆらと揺れる太陽のような光が見えた。僕は自然と、その光に手を伸ばす。

＊

たゆたう光の波に触れると強い光が目に入った。反射的に瞼《まぶた》を閉じ、手で目を隠した。同時にまとわりつくような暑さと、大きな歓声が僕らを取り巻いた。

ぼんやり太陽だと思っていた光は、ステージのスポットライトだった。僕と桜庭さんは手を繋いだまま、ステージに座りこんでいた。

顔を見合わせ、急に引き戻された世界に戸惑いながらも立ち上がる。ステージに上がったのは演出だったということにするため、僕らは一礼してから降りた。

いつまでも鳴りやまない拍手。指笛の音もステージ周辺でずっと響いている。クジラの中にいた魚たちは解放されたようで、会場内の魚の数も増えているようだった。

関係者席から、波田野君が駆け寄って来た。

「2人とも！　大丈夫だった……？　計画は……？」

魚が見えない波田野君は、ステージの上で何が起こっていたのかを知らない。彼は桜庭さんの魚と、作戦の結果を心配しているようだ。

アカネハナゴイがついてまわる桜庭さんは、「私は大丈夫……だよね？」と僕に確認した。

「うん、桜庭さんの魚は無事だよ」

「え……橘さん、もしかして魚が見えるようになったんですか？」

聞きたいことがいろいろあるんだろう。彼のナポレオンフィッシュは右へ左へ落ち着きなく泳いでいる。

「なんとかね」

僕が答えると、波田野君は目に涙を溜めて、小さく「良かった……」と呟いた。

「クジラは……どうなったんですか……？」

眼鏡を外して涙を拭い、少々聞きづらそうにこちらを見た。

「……クジラを海に戻すことはできなかった」

「え……それって……失敗したってことですか……？」

波田野君がうつむきかけた時に、僕と桜庭さんは声を揃えた。

「大成功だよ！」

勢いよく顔を上げて、さっき拭った涙は彼の頬を流れた。機材の運搬や操作を手伝ってくれた波田野君の先輩が、片付けのために彼を呼び戻すまで、何度も「良かった」と呟いていた。

花火の時間を知らせるアナウンスが響き渡った。見回すと反対側のステージ脇にいたクジラとピラニアの群れを見つけた。

そこにいた男は、じっとこちらを見ている。奇妙な機械仕掛けの笑みではなく、やわらかな表情を浮かべているように見えた。

ステージの明かりが消え、辺りは暗くなった。ザトウクジラも、その暗がりに馴染み、姿をくらます。

緑色の花火が上がった。すぐに、空に響く花火の音。

何年ぶりに見ただろう。花火の振動は心臓まで届く。

「お祭り最後だね、一緒に見れて嬉しいな……」

花火の音に紛れないよう見計らって、桜庭さんはありのままの気持ちを挟み込んできた。

花火は何度も夜空を彩り、溶けるように姿を消した。赤も、青も、緑もそのどれもが白い煙となっていく。潮風がそんな白い煙を運んで行ってしまう。

小さな光はみるみる夜を呑み込んで、どこまでも広がっていく。大きな薄いオレンジ色の三尺玉が上がった時だった。

真っ黒なあのザトウクジラが、夜空に飛び込んだ。どこまでも広がる光の線を潜るように泳いでいる。光は徐々に薄れ、チカチカとした輝きを散らす。さっきまでの花火よりも、強く鳴り響く音が辺りにとどろく。

次に上がった青い三尺玉は、クジラが飛ばす水しぶきのようで、空に広がる光の海だった。伸びていく光の中を気持ちよさそうに身を捩り、漂う。

自由になれたのかな。僕の勝手な思い込みかもしれないけど、クジラがとても心地よさそうに見えた。

大きなしっぽを何度も上下に動かして、その存在を示す。僕だけ、特別なクジラのショーを見ている気分だった。

「橘君」

花火と花火の一瞬の合間で呼ばれて振り向くと、何か言っている桜庭さんの口元が花火に照らされた。

空を揺らすような花火の音で、隣にいても声がよく聞こえない。

「どうしたの？　なんて言ってるの？」

アカネハナゴイのピンク色の体は、打ちあがる花火と同じ色にうっすらと染められている。忙しなく泳ぎまわる様子から、桜庭さんの気持ちは察していた。彼女は、僕の肩に両手を置き、少し屈むようにと力を入れる。

大量の魚群に、僕の体の半分が飲み込まれそうになる。徐々に近づいてくる桜庭さんの浴衣の衿《えり》元が見えた。肩にあった手が、耳に添えられて、その一生懸命な声がちゃんと聞こえた。

僕は本当にないものねだりな男だと思う。あれだけ魚が見える世界を取り戻したかったくせに、今はまた魚が見えなければいいのにと思ってしまっている。

花火の色で、僕の顔色はどうとでもなる。触れば一瞬で気づかれてしまうような顔のほてりも、この夏のせいにしよう。

「ごめん、やっぱりよく聞こえない」

僕は首を傾げる。こんな言葉で答えを濁すなんて良くない。でも、まだ、どうしても言えない。すでに僕の心をなみなみと満たしている気持ちを、声に出そうとすると唇が震える。

今なら、学園祭で桜庭さんが「好きなわけない」って言った気持ちがわかる。逆にあれくらいの嘘、今の僕に比べれば可愛いものかもしれない。

僕の返答に、跳ねまわって仕方ないアカネハナゴイは、視界を独占するように大きく広がる。

耳から滑るように移動した桜庭さんの手が、僕の両頬を包むように触れた。さっきまで温かかった彼女の手がひんやりと感じたのは、僕の顔の方がずっと熱いからだろう。

魚が広がったことで、桜庭さんの綺麗な顔は惜しげもなく花火に照らし出された。口をきゅっと閉じて、大きな瞳を潤ませている。

「ねぇ、ちゃんと答えて」

空には、柳の枝が垂れ下がるようにいくつもの光りが流れ落ちている。

綺麗なものを、綺麗だと伝えることをためらったあの頃にはもう、心のどこかでこうなることを夢見ていた。

桜庭さんの両手から逃れ、そのままぎゅっと抱きしめた。彼女の顔が僕の首元にあたると、僕よりもっと熱いことに気づく。体温さえも好きだと思ってしまう。

何て言おう、と迷うフリはもうできないな。

「……僕も桜庭さんと一緒にいたい」

一番言いたかった言葉は、やっぱり言えなかった。それでも、同じくらい伝えたかった気持ちは口にできた。桜庭さんは一言も声に出さなかったけど、腕には抱き返すように力がこもっていた。

まだ静まらない心音が、どうか花火でかき消されれば、と思う。

薄黄色の一筋の光が伸びていく。大きな音とともに夜空に咲いた大輪の花は、やがて散らばった輝きを数瞬残すと、跡形もなく消えていった。真っ暗な空には、ぽつんと月が残る。

「最後の花火、結構大きかったけど見えなかったでしょ」

間ができないように、桜庭さんに話しかけながら、僕は腕を下ろした。

「来年は一緒に見るからいいよ」

嬉しそうな声色と、満足そうなアカネハナゴイたち。僕はそうだねと頷いた。

今日だけで、本当にいろんなことがあった。嬉しいことも悲しいこともあったけど、今は、やり切った想いが強い。

さっきまで多くの人を魅了していた花火と同じくらい、輝かしい思い出になった。僕にとってはかけがえのない宝物だ。この先、何度でも思い出すだろう。

鱗郷祭はこれで終わりだ。会場の出口に向かって人の波ができる。押し流されるように、僕らは歩き出した。

ぐっと疲れていたようで、最後の1日はほとんど寝て終わらせた夏休み。波田野君からは、嘘をついていたことを反省している長い謝罪文が送られてきた。そんなひどい嘘をつかれたことさえ、うっかり忘れていた。

オカルト研究部の取材は、波田野君ならまた受けるよと返事を送る。

深呼吸をしてから教室を覗くと、充実した夏休みを過ごしたクラスメイトたちの声が飛び交っていた。再会を喜び、跳ねている魚も多く見られた。

久しぶりに、クラスメイトの魚たちを見たからだろうか。泳いでいる魚の種類が増えているような気がした。こんな魚を棲まわせている人もいたんだ……あの魚はなんだろう？　魚が元気に泳ぐ姿を見ると、嬉しくなった。

僕が教室に入ると、ざわつきがおとなしくなった。自分の席につくまで、なんとなく視線を感じる。

夏休み明けの学校。覚悟はしていた。『魚が見える頭のいかれた男』というレッテルが貼られたままだろう。でも、何を言われても、平常心でいようと決めていた。

椅子に座ると、前の席の佐々木君がこっちを向いた。

「おはよ」

校則にギリギリ引っかからなさそうな栗色の髪。気怠そうな目で、僕に挨拶してくれた。この席になってから、数か月経つけど、初めての挨拶だった。

「あ、ああ……おはよう……」

上手く声が出ない、圧倒的な陰キャが炸裂してしまった。一気に暑さとは別の汗が出る。

教室に入って来たのは桜庭さんだった。大量の魚群で当然顔は見えない。こちらに手を振ろうとしたのか、右手が動く。

後ろから隣のクラスにいるはずの岩崎さんが、僕の名前を呼びながら駆け寄ってきた。

「橘君！　鱗郷祭のステージ、前の方で観たけどやばかった！　自分たちが描いた絵があんな風になるなんて……何回も動画見返してる！」

彼女についてまわるネオンテトラは、深紅の模様を見せびらかすように跳ねる。

「あ……いや、こっちこそ協力してもらって……」

「ううん、逆に声かけてくれてありがとう！　あんなに感動したの久しぶり！　あ、来週のコンクールに出す作品もほぼ完成してるから、放課後見に来てよ！　鱗めっちゃ頑張ったから！」

終始ハイテンションな岩崎さんに、僕は何度も頷いた。ホームルームを始める合図のチャイムが鳴ると、岩崎さんは慌てて教室から出て行った。

それから始業式が行われる体育館へぞろぞろと移動した。渡り廊下や体育館でもこれまで話したことのないクラスメイトから声をかけられた。高校生活で初めて私語を先生に注意された。

じっとりとした蒸し暑さの中で始業式を終えて、僕は筆記用具を鞄へしまう。あとは帰るだけだが、美術室に寄らないと。

「橘！」

廊下から大きな声で呼んだのは時田君だった。出目金は忙しなく彼の周りを泳ぐ。

「鱗郷祭、かっこよかったぜ」

時田君は拳を前に突き出し、ニッと笑って見せた。突然褒められた僕は会釈するだけで、何て言えばいいかわからなかった。

「なんだよ、照れてんのか?」

からかうような言葉とは裏腹に、彼の表情はやわらかく見えた。

「うん、ちょっと。あまり大きい声でそういうのは、恥ずかしいかな」

「あんな堂々とステージに躍り出ておいて?」

クジラに追いかけられて必死だったとは言えない。時田君みたいな陽キャとしゃべるのは変に緊張する。早めに切り上げたい。

「うん、まぁね。ちょっと美術室に寄る用事があるから、そろそろ行くね」

「おう、またな」

夏休み明け1日で、3か月分くらいの会話をした気でいる。

僕は鞄から麦茶を取り出し、喉の渇きを潤した。

教室を後にして美術室へ向かう。廊下へ出ると一瞬にして、僕の視界を大量のアカネハナゴイが埋めつくした。

魚群の隙間から、弱そうなサメのストラップが揺れているのが見えた。

「ねぇ、なんなの」

アカネハナゴイたちは、一斉に僕の方を向いている。桜庭さんレベルの魚の数だと、迫力があってちょっと怖い。

「えと……何が……？」

「何がって……全然橘君と話せないじゃん！　今日1日、今初めて話してるんだよ？　おはようも言ってない！」

「……おはよう」

「そうじゃない！　それでも放課後になればって思ってたのに。岩崎さんとか、時田君のせいで一緒にいれないし」

「少なくとも、僕のせいではないと思うんだけどなぁ……」

少し間があった後、彼女の手がぎゅっと握りしめられているのが見えた。

「こんな風になるなら、前の誰からも存在を認識されていない橘君のままで良かった」

「うーん……桜庭さんもそういう風に思ってたんだね」

「その時の方が……休み時間の度に一緒にいられたのに……」

顔は見えないけど、寂しがってるのは伝わってくる。桜庭さんを悲しませるのが良くないとわかっていながら、不自然なほどに僕の心は満足していた。

「……こんなんじゃ、私の魚減っちゃうよね……」

ちょっとくらい減ったってわからない。むしろ減ってくれた方が、桜庭さんの顔がまた見られるかもしれない。

「わかった。明日から、登下校は2人でしよう」

「……だけど、橘君は友達とも一緒にいたいでしょ？」

僕の言葉で魚は跳ねているのに、桜庭さんの返答は喜んでいるように見えない。心で思っていることと、口に出していることが違う。

真っすぐな言葉を口にできるはずの彼女が、僕からしても不器用に思えた。心の底から水泡のように小刻みに湧く気持ちが、なんだかくすぐったい。

「……僕は、桜庭さんとの時間が楽しいよ」

今は不器用な桜庭さんのために、僕は自分の気持ちをそのまま伝えよう。

跳ねまわるアカネハナゴイが一瞬散り、見えた三日月の目が僕を見つめる。

「橘君、大好き」

背中から肩までが一瞬で熱くなる。冷静に受け止めようとする自分と、冷静ではいられない自分が対峙する。

僕はこの能力が、桜庭さんにはなくて良かったと思った。僕に棲みついているトビウオが、今どんな状態になっているか想像するだけで恐ろしい。

「今日の帰り、駅前のハンバーガー食べに行こうよ！　その後は、水族館とか！」

「そう言いながら、クレープ屋さんに連れて行こうとしてるでしょ」

「……バレてる。だって、橘君と食べるクレープが美味しいんだもん」

これだと毎週連れて行かれるかもしれないなと、遠い目をしてしまう。

もうすぐ夏も終わるのに、僕の視界は桜の花びらが舞うような景色だ。廊下の窓から見えた空には、飛行機雲ができていた。

今まで興味も関心もなかった風景が、僕の心を動かす。

「……綺麗だなぁ」

僕が呟くと、桜庭さんのアカネハナゴイは大きく飛び跳ねた。魚群の間から赤らんだ頬も見える。

「……あ、空がね？」

僕は上を指さし、にやっと笑った。桜庭さんは僕の肩を何度も叩き、怒っている。

面と向かって彼女を綺麗と言うには、まだ時間が必要だ。いつか、こんな日常を綺麗だと思えるようになったお礼も言おう。

あと、僕の方から「好きだ」って言葉も、いつか。

［プロフィール］
文月 蒼（ふみづき あおい）
1995年、北海道生まれ。かに座、A型。「東京中野物語2022文学賞」最終選考作品にノミネートされた本書がデビュー作。好きな魚はナポレオンフィッシュ。

水槽世界

2024年4月30日　第1刷発行

著者　文月 蒼
発行者　矢島和郎
発行所　株式会社 飛鳥新社
〒101-0003 東京都千代田区一ツ橋2-4-3 光文恒産ビル
電話　03-3263-7770（営業）
03-3263-7773（編集）
https://www.asukashinsha.co.jp

デザイン　野条友史（BALCOLONY.）
小原範均（BALCOLONY.）
帯写真　時永大吾
校正　円水社
編集協力　アトリー（一木伸夫）
RelatyLS（梅村宜子）
著者エージェント　アップルシード・エージェンシー
印刷・製本　中央精版印刷株式会社

ISBN 978-4-86801-009-8

編集担当　内田威

with stories 支援プロジェクト

物語が一歩踏み出す原動力になれたら。本レーベルの想いを込めて、本書の売上の一部を「能登半島地震復興支援」へ寄付いたします。物語と共に、前に踏み出す人たちを応援します。